U0456715

心仪已久的经典，永不落架的好书！

作者简介

霍莉·韦伯是英国知名畅销书作家，英国“读者俱乐部”重点推荐作家，已出版超过 80 本书，并先后翻译成法语、德语、西班牙语、日语、汉语等多国语言，远销世界各地。在决定成为一个作家之前，她在 SCHOLASTIC（学乐出版社）做了五年的儿童小说编辑。

译者简介

蔺鹏飞，外国语言学及应用语言学专业硕士研究生，现任大学讲师；爱好文学，已有多本译作问世。

重返秘密花园

[英] 霍莉·韦伯 / 著

蔺鹏飞 / 译

CNS PUBLISHING & MEDIA | 湖南少年儿童出版社
HUNAN JUVENILE & CHILDREN'S PUBLISHING HOUSE

翻译专家委员会

生命需要力量、美丽与灯火

今日世界已进入网络时代，网络时代的新媒体文化——互联网、电子邮件、电视、电影、博客、播客、视频、网络游戏、数码照片等，虽然为人们获取知识提供了更多的选择和方便，但阅读依然显得重要。时光雕刻经典，阅读塑造人生。阅读虽不能改变人生的长度，但可以拓宽人生的宽度，尤其是经典文学的阅读。

人们需要文学，如同在生存中需要新鲜的空气和清澈的甘泉。我们相信文学的力量与美丽，如同我们相信头顶的星空与心中的道德。德国当代哲学家海德格尔这样描述文学的美丽：文学是这样一种景观，它在大地与天空之间创造了崭新的诗意的世界，创造了诗意生存的生命。中国文学家鲁迅对文学的理解更为透彻，他用了一个形象的比喻：文学是国民精神前进的灯火。是的，文学正是给我们生命以力量和美丽的瑰宝，是永远照耀我们精神领空的灯火。我们为什么需要文学？根本原因就在于我们需要力量、美丽与灯火，在于人类的本真生存方

式总是要寻求诗意的栖居。

《全球儿童文学典藏书系》（以下简称《典藏书系》）正是守望我们精神生命诗意栖居的绿洲与灯火。《典藏书系》邀请了国际儿童文学界顶级专家学者，以及国际儿童读物联盟（IBBY）等组织的负责人，共同来选择、推荐、鉴别世界各地的一流儿童文学精品；同时又由国内资深翻译们共同来翻译、鉴赏、导读世界各地的一流儿童文学力作。我们试图以有别于其他外国儿童文学译介丛书的新格局、新品质、新体例，为广大少年儿童和读者朋友提供一个走进世界儿童文学经典的全新视野。

根据新世纪全球儿童文学的发展走向与阅读趋势，《典藏书系》首先关注那些获得过国际性儿童文学大奖的作品，这包括国际安徒生奖、纽伯瑞奖、卡耐基奖等。国际大奖是一个重要的评价尺度，是界定作品质量的一种跨文化国际认同。同时，《典藏书系》也将目光对准时代性、先锋性、可读性很强的“现代经典”。当然，《典藏书系》自然也将收入那些历久弥新的传统经典。我们希望，通过国际大奖、现代经典、传统经典的有机整合，真正呈现出一个具有经典性、丰富性、包容性、时代性的全球儿童文学大格局、大视野，在充分享受包括小说、童话、诗歌、散文、幻想文学等不同体裁，博爱、成长、自然、幻想等不同艺术母题，古典主义、浪漫主义、自然主义、现实主义、现代主义和后现代主义等不同流派，英语、法语、德语、俄语、日语等不同语种译本的深度阅读体验中，寻找到契合本心的诗意栖居，实现与世界儿童文学大师们跨越时空的心灵际会，鼓舞精神生命昂立向上。在这个意义上，提供经典、解析经典、建立自己的经典体系是我们最大的愿景。

童心总是相通的，儿童文学是真正意义上的世界性文学。儿童文学的终极目标在于为人类打下良好的人性基础。文学的力量与美丽是滋润亿万少年儿童精神生命的甘露，是导引人性向善、生命向上的灯火。愿这套集中了全球儿童文学大师们的智慧和心血，集中了把最美的东西奉献给下一代的人类美好愿景的书系，带给亿万少年儿童和读者朋友阅读的乐趣、情趣与理趣，愿你们的青春和生命更加美丽，更有力量。

《全球儿童文学典藏书系》顾问委员会

《秘密花园》这部深受读者喜爱的经典之作已经给千百万人带来了温馨感动，但大自然的魔法永不消绝，那神奇的花园也在静静等待，新一段美丽的故事正悄然开始：

自从玛丽和科林第一次在密赛尔斯威特庄园中发现秘密花园已经好几十年了，如今他们夫妇俩将庄园改成了战争孤儿的家园。

这群逃避战火的孩子中有一个叫艾米的孤僻小女孩无意间读了玛丽的日记，从此那个花园就如磁场般强烈地吸引着她。在秘密花园的“神奇魔法”下，她唯一的朋友小猫“露西”从战乱的伦敦突然出现在她面前，她更加爱上这里了。

艾米开始变得爱笑、健康，而有一天她发现讨人厌的杰克(玛丽的小儿子)在深夜里压抑着哭泣，她了解到了压在这一家人头上的炸弹——杰克的哥哥是皇家空军，爸爸科林则是海军，他们是为祖国而战的英雄，却也随时可能牺牲。她温柔地安慰着此前一直欺负她的杰克，并与他分享秘密花园的快乐，带着他，两人一起走出了孤独。

但随着战火的蔓延，压在杰克头上的炸弹终于爆炸，巨大的悲痛将这一家人击落谷底；而艾米竟被赶出了花园……

看着这好心的一家人痛苦不堪，小小的艾米却没有办法，只有小心翼翼地尽量去化解他们的悲痛。

好在艾米最终解开了一家人的心结，玛丽重新露出笑颜，迪肯平静了暴躁的情绪，杰克也开始重新和她交流……更惊喜的是，某一天早晨在花园里，一个意想不到的人突然推门而入——

本书继承了《秘密花园》温柔可亲的人设，更显示了在战争和苦难中善良友爱的力量，不仅仅是花园，人与人之间温暖的关爱才是战胜苦难最棒的魔法。

目 录

第 1 章	撤离	/ 001
第 2 章	来到密赛尔斯威特庄园	/ 029
第 3 章	在花园里	/ 043
第 4 章	玛丽的日记	/ 058
第 5 章	艾米的心事	/ 086
第 6 章	克雷文中尉回来了	/ 131
第 7 章	一封电报	/ 178
第 8 章	好朋友	/ 217
第 9 章	杰克的哥哥	/ 246
第 10 章	永远的家	/ 258
阅读指导		/ 271

第1章
撤　离

孩子们列队走过大街，只有一个孩子回头看了看。其他的孩子可没这份心情，而且他们也没必要这样做。后面还有什么呢？他们所有的财产都随身带着呢——几件衣服，偶尔有几个孩子还带着个破破烂烂、毫无形状可言的毛绒玩具。但是每个人都拿着个纸袋，还有一个防毒面具，这就是他们全部的家当了。

艾米磨磨蹭蹭地走着，不停地向后看，后面的亚瑟推了她一下让她跟上。艾米迅速地踢了亚瑟一脚，而且还向后面走去，仍然想一看究竟。

但是露西没在那儿。艾米想，期望露西在那儿真是够愚蠢的。露西几乎从来不上街——它不仅内向，而且还讨厌闹哄哄的大街。但是，艾米仍然睁大了双眼，希望看到那只黑色的小猫在那座高大房子的犄角那儿看着她。艾米觉得很糟糕，小猫很可能跑到后院去了。她又踢了亚瑟一脚，因为亚瑟朝着她得意地笑，至少她是这么想的。

“艾米琳·哈顿！”

艾米叹息着快速地转过头。“我吗，迪尔洛夫小姐？”艾米无辜地问道，表现得好像自己根本不知道什么事儿一样。当然，舍监迪尔洛夫小姐是不可能看到亚瑟推她的，她从来也没看到过。

迪尔洛夫小姐瞪着她：“不是你是谁，难道还有另一个艾米琳·哈顿？当然就是你！你这个脾气坏透了的小家伙，你怎么敢那样踢亚瑟呢？”

“他推我……”艾米刚开始说话，但是迪尔洛夫小姐根本没有闲工夫去听这些，她抓住艾米的胳膊，把她拎到了队伍的前面。舍监是个身材矮小、瘦弱的妇人，其实个头比艾米大不了多少，但是艾米不敢推她。艾米太了解迪尔洛夫小姐了，她就像一列上了发条的忙碌的小火车一样，时刻准备着发火，所以还是不要招惹她为好——但是艾米不知道怎么回事，总是招惹到她。

“你可以和萝丝小姐还有其他的幼儿一起走，因为你的表现一点儿都不像10岁的小孩。为什么总是你呢？今天早晨你的表现已经够荒唐了，害得我们这么晚出发，你是不是以为我们没事可干了？”迪尔洛夫小姐低头看了一下表，“萝丝小姐，我们需要快一点儿，车站一定很忙，而且我们没什么时间了。”然后迪尔洛夫小姐小跑着赶到了队伍的后边，最后她还不忘对艾米说一声：“老实点！”

萝丝小姐一般情况下比迪尔洛夫小姐脾气好点，但是当她看着艾米的时候也不由得叹了口气：“今天你也非要如此吗，艾米？我还以为你会理智点呢。”

“他推我。”艾米咕哝着，她知道自己说的并不是实情，但是她不会告诉她们的，“这不公平，为什么总找我的碴呢？”她一边在萝丝小姐身边走，一边愤愤不平地小声咕哝着。不管萝丝小姐是紧锁眉头还是大发雷霆地咆哮，艾米也不会哭的，因为她才不会给亚瑟他们嘲笑她的机会呢。

他们前天被告知要离开这里，是迪尔洛夫小姐在前天吃完早饭之后向他们说的。她说因为几天之内预计就会开战，所以咱们克雷文孤儿院的孩子们需要撤离到“安全”的地方去。

除了知道和学校教室里那些棕色的装有面具的箱子有某些关系外，没人知道撤离是什么意思。在最后几周里，他们都戴上了猪嘴似的双眼突出的面具，然后好奇地看着彼此。亚瑟还利用紧挨着脸的橡胶发出了一种怪声，好像放屁的声音一样。现在他总是乐此不疲地发出这种怪声——然后每个人都开怀大笑——甚至迪尔洛夫小姐在批评亚瑟的时候也没有那么生气。

艾米自从见到这种怪模怪样的面具之后，她总是梦到面具上那些大大的眼睛。那些玻璃镜片总是慢慢地靠近，并弯腰盯着她。这些防毒面具是帮助他们呼吸的，迪尔洛夫小姐说。但是艾米一想到那封锁在纸板箱里的面具时，她就觉得难以呼吸。然而毒气会从哪儿来呢？没有人说过。亚瑟对他的朋友乔伊说毒气是飞机空投过来的，但是艾米知道的所有气体都应该是由管子输送的，就像是向厨房炉子输送的那些。她从来没见过飞机是如何输送毒气的，如果有人能够向她解释一下就好了，她一边踱着步子一边心酸地想。他们要去哪儿呢，为什么要走呢？没有人告诉他们。他们也没必要知道，他们只是像包裹一样被人装上送走……

“看——”艾米旁边的小女孩儿使劲拉着艾米的袖子说。

“什么？”艾米连看都没看咕哝着说。

“那儿。”茹比指着街对面说，“看，艾米，那边！你认为他们也要撤离吗？”

艾米转头看到他们正在经过的一所学校里面的学生也都排成了长长的队伍，他们也拿着一些破旧的箱子和棕色的纸质包裹，而且他们的衣服上面还都贴上了标签。

“我也这样想。”

“就像我们一样……”茹比若有所思地说，“我还不知道其他人也要撤离呢。”

“我们一定要离开这座城市——以防那些飞机过来，”艾米不确定地说，“所有的孩子都要撤离的。”而且，那些男孩子也是这么想的。这是他们曾经偷偷地躲在舍监的起居室外面听广播说的，所以艾米想这可能是真的。操场上的孩子们除了是被妈妈——当然还有为数不多的爸爸——簇拥着以外，和他们也差不多。那些父母有的向自己孩子的包裹里面塞着三明治，有的紧紧地抱着自己的孩子，有的随着已经出发的孩子一路小跑。那些孩子跟随扛着绣有学校名字的旗子的两个大点的孩子开拔了，就像是远征军一样。

那个学校的孩子有的在哭，艾米注意到，很多小点的孩子紧紧地抱着妈妈，脸色苍白并歇斯底里地哭闹着。他们好像也不知道发生了什么。不过有两个孩子看起来很开心，像要去度假一样兴奋地挥舞着自己的包裹。可能他们真的是要去度假的——可能他们会一直走到海边去玩。

艾米一边眨着眼一边想，她曾经相当确定他们不会离开伦敦的。直到刚才，她还没有认真考虑过他们到底要去什么地方，因为她对自己留下的东西太挂心了。可能那两个兴奋的孩子是对的，这就是一场新奇的冒险……

但是几乎所有的母亲都用手背快速地擦掉了眼泪。艾米颤抖了一下，她认为可能从孤儿院里面出来的孩子是幸运的——因为他们所认识的所有大人是和他们一起出发的。不过这并不让艾米觉得开心，她努力地回忆着露西的头紧紧顶着自己手指时

所带来的那种柔软的感觉，还有那只小猫在用鼻子闻她的时候所带来的温暖。可是她现在能听到的都是茹比的喋喋不休，例如她很累啊，她的鞋子很紧啊，等等。

他们还没有走多远，这条街比孤儿院那条冷清的街可要热闹多了，甚至艾米都觉得有点吃不消了，因为那么多人不断挤着她。除此之外，还要忍受那些汽车、马车以及公交车嘈杂的噪音。曾几何时，站在街上看着人群，想着这些人到底去向哪里是一件快乐的事情。可是今天，艾米只想坐回自己宿舍的窗户旁，看着她经常看到的那辆杂货店老板的货车，她就心满意足了。她曾经希望能发生什么事情，一些令人激动的事情，现在她真的得偿所愿了。

“我们快到了，茹比，”萝丝小姐安慰地说道，“车站就在街的那头，你看到没有——那个钟塔那儿，下面还写着字：国王十字火车站。”

那个车站很大，迎面是两个巨大的拱形窗户，就像隧道的入口一样。

“伦敦到东北铁路？那么，我们是要去东北吗，小姐？”艾米在看着屋顶上那些白色大字的时候，突然问。但是萝丝小姐根本没理她，因为她正不胜其烦地管理自己的队伍呢。一个警察一边让公交车停下，一边向他们挥手，并低头笑着看了看紧紧拿着已经褪色的小熊玩偶的茹比。

还有几百个孩子也开始像小蚂蚁一样在车站汇合。从公交车上下来的孩子越来越多，他们身上都贴着不同的标签，拿着包裹或者破旧的箱子。艾米从来没看到过这么多和自己一样大的孩子，到底有多少人要离开伦敦啊？

萝丝小姐在领着孩子们通过车站前面那些东倒西歪的商铺时，担心地向迪尔洛夫小姐瞥了一眼。

“怎么回事？”艾米问。萝丝小姐突然间变得困惑起来。孤儿院所有的员工一直都在忙着怎么行动，匆忙地处理孩子们那些可怜的行装，所以没人停下来思考问题，而现在，艾米想，可能他们和孩子们一样都感到了困惑和担心。厨师伊万斯女士将自己的那个大的黑色手包像盾牌一样紧紧地抓在胸前。

“没事，艾米！”萝丝小姐对艾米简短地说道，她迅速地看了看堆在门口的那些沙袋和还标着“通向地下”指示牌的那个通道，但是那个通道已经被很多石头堵住了。她瞟了一眼艾米，并夸张地笑着对艾米说：“我只是不知道我们应该走哪条路而已。战争时期，我们一定会看到些和平时不太一样的场景，难道不是吗？”她还用像唱歌一般的声音安慰地说着，好像艾米才是害怕的那个。

萝丝小姐是不会被车站里巨大的空间或者是成堆的孩子们吓住的。她挺直了腰板，让孩子们快点，然后重新数了数孩子的数目，确保20个孩子没有一个走丢了。艾米认为他们中没有一个人敢掉队，因为他们对即将到来的飞机和毒气充满了恐惧。她曾经想过逃跑——当无所事事而且没人和她说话的时候。不过那都是在她发现露西之前的事了。

迪尔洛夫小姐快速地向一个穿制服的人走了过去，那个人皱着眉看了很久手里的单子，然后向着最远的那个站台指了指——随后他看了看自己的手表，再次指了指并挥了挥手。

迪尔洛夫小姐一路小跑回来，抓住艾米的胳膊，狠狠地推了一把，说："我们的时间不多了，所有人都快点，别吊儿郎当的，为撤离准备的火车太多了。"她还对萝丝小姐加了一句："时间太紧了。如果我们错过这班火车的话，我们就还要等好几个小时。"她一边说一边厌烦地看了艾米一眼——毕竟，他们迟到都是因为艾米。

孩子们冲到站台的时候，火车已经快启动了，一个工作人员给他们打开门，像对待行李一样把孩子们塞到了车上，而这个时候萝丝小姐、迪尔洛夫小姐和伊万斯女士正在忙着处理那些包裹和装食物的篮子呢。

艾米抱着自己装衣服的棕色纸包瘫倒在了座位上，但她还是向外看了看——另外一个站台上还有一列火车，而且有个女孩也在看着她。当她看到那个奇怪的女孩脸上混合着害怕和兴奋的表情的时候，她微微地笑了笑。她脸上也有着和自己相似的令人厌恶的孤独。可能这个女孩也从来没有离开过伦敦，或者她从来没有坐过火车。但也许这列火车即将带着她去往新奇的地方，生活可能更好吧，即使她不得不抛下很多东西。

那个女孩朝艾米挥了挥手，当火车颤抖着吱吱呀呀地开出火车站的时候，艾米也慢慢地抬起了手臂向那个女孩挥手告别。这列火车载着艾米他们离开了伦敦，开向了不知什么地方的地方。

*****

艾米靠着那些布满抓痕的天鹅绒椅背，她面对着窗户，但是她几乎没怎么观察窗外的风景。她还在想刚才那个女孩的车会开向什么地方，她看起来很乖。乖这种品质是迪尔洛夫小姐和萝丝小姐一直鼓励他们养成的品质——“好好玩。这样不好。不是吗，艾米？乖女孩是不会这样做的。”

艾米5岁的时候，他们孤儿院有一个和她一样大的女孩被收养了。路易莎确实很乖，这也是她能被收养的原因。而且这件事让艾米很清楚地认识到，如果她能像路易莎那样乖，她可能也会被收养的。但是现在她年纪大了，已不适合被人收养了，而且她也不在乎这件事了。

艾米抚摸着座椅的把手，泪水刺痛了眼角。这张黑色的落满灰尘的座椅让艾米想起了露西的皮毛。

艾米很少哭。当他们孤儿院中那些更小的、更甜美的、更乖的小孩被别人收养的时候，或者是当迪尔洛夫小姐因为艾米不懂得感恩而骂她的时候，或者男孩子们因为她长得瘦小、苍白、丑陋而嘲笑的时候，艾米仅仅是耸耸肩并瞪着他们。迪尔洛夫小姐总是说她粗野不知礼仪，而亚瑟总是因为艾米那样瞪着他而打她。

艾米会一直瞪着他们，直到迪尔洛夫小姐离开，或者是那些男孩感到厌烦而不再搭理她。然后她会偷偷上楼，走到女孩宿舍外面的平台的小窗户那儿。一个装满了发霉的毯子、多余的衣服的大柜子把这个窗户堵住了大半，只有瘦小的她才能挤过去，并打开窗户，然后爬到外面生锈的防火门那儿，而且也没人知道她跑到哪儿去了。

在艾米刚刚发现那个窗户的前几天，她都是一个人坐在那儿，看着下面一个个屋顶。她喜欢那儿的风景——当太阳西沉的时候，云彩都镶上了金边。甚至在伦敦的大雾天时，她都能凭借着想象描绘出太阳照耀着铅色大雾下屋顶的样子来。如果她靠着栏杆朝下看的话，她还能看到大街的一角，看着大街上形形色色的人，想着这些人到底去向何方，她自己呢，终有一天会去向哪里？甚至她曾经还沿着这快要支离破碎且生满锈迹的铁质的楼梯往下走了几步。然而理智又把她拽了回来，她是无处可去的，她不能离开这里。

艾米第一次见到那只小猫是在一个二月的下午。那时候天都快黑了，天气异常寒冷，而且艾米还没有穿外套。她不能到楼下去拿外套，因为人们一定会拦着她问这问那。能够独自一个人思考一会儿，或者是看看天空，艾米认为冷也是值得的。

艾米觉得自己在这个城市里是孤独的。紫色的亮光射透了天空，堆砌的云朵飘浮在空中，这个时候，你好像伸手就能触摸到它们一样。艾米向后靠了靠这铁质的栏杆，这凉透了的栏杆让她的脖子一凉，她知道自己该进屋了，要不然人们就又该到

处找她了。

可是不知是什么让她留了下来，她好像知道要发生什么。铁质的楼梯上有一种极其微弱的声音，然后一个黑乎乎的东西轻轻地跳到了艾米待着的地方。

“一只小猫！”艾米低声说。这只小猫很小——和刚出生的小猫差不了多少——而且还很胆小。它犹豫了一下，警惕地看着艾米。艾米看到小猫的眼睛里闪过了一丝光亮。它怎么会到这儿来呢？

艾米小心地把手伸到了口袋里，这样就不会把小猫吓走了。她的手帕里总是藏着一块三明治——鱼酱三明治，艾米很讨厌这种三明治的，但是他们必须吃完自己盘子里面的东西。一般情况下，她会把这些碎屑扔出防火门，但是今天她忘了。她抑制住自己想笑的冲动，可能这只小猫还曾经吃过她扔的东西呢，或许这就是它来这里的原因。

她打开她的手绢，鱼酱发出的气味使她皱了皱鼻子。黑暗中的小猫却动了，它可能闻到了鱼酱的味道。忽然，室内的灯亮了，艾米和小猫一动都不敢动。幸好没人注意到这扇打开的窗户。

因为灯打开了，艾米看清了这只小猫，小小的，而且瘦得可怜——和自己一样。它耸着肩准备随时跑向铁门，两只眼睛却盯着那块三明治，但是因为害怕，它又不敢靠近艾米。

慢慢地，艾米把手帕放到了他们之间，并小心翼翼地打开了手帕，这样这个小东西就会看到里面的食物了。然后艾米又慢慢地退回到了墙角。

“吃吧，”艾米说，“我是不会吃的，还是你吃了吧。”她好奇地看着那只小猫，这只小猫和自己在书中看到的完全不一样。那些小猫都是蓬松松肉乎乎的，而且还长着长长的白胡须。这只小猫看着饿得要死，它是抗拒不了这块三明治多久的。它突然跑上前，开始吃了起来，时不时地还看看艾

米，唯恐艾米要捉它。

当三明治吃完了，这只小猫又闻了闻那块手帕，甚至还舔了舔，好像鱼酱三明治的味道已经渗透到手帕的纤维里一样。然后它低垂着那瘦得可怜的尾巴，转身跑了。艾米侧着身看着小猫快速地离开。

第二天晚上，艾米他们只有黄油面包，但是小猫似乎全不在意。它把整块面包都吃了，然后艾米伸出自己的手指，那只小猫好奇地闻了闻，又跑了。

艾米每天把食物碎屑拿到防火门那里去，而小猫也总是出现在那里。艾米一爬出窗户，那黑色的身影就会出现，而且一次比一次快。有的时候，艾米出不去，因为偶尔迪尔洛夫小姐想让孩子们“运动一下”或者是巡视员检查的时候。每当这时候，艾米都会很快地溜到柜子那儿，打开窗户的一角，然后把面包屑扔到防火门那里。

这是一种奇怪的感情，艾米总是期待着看到那黑色的身影。艾米猜测那只小猫是母的。它总是表现出对食物的来者不拒，当它吃完之后就会再次从事自己的老本行。艾米想，它的老本行可能就是翻找垃圾桶里面的食物了。

坐在火车上想这些东西或者是希望小猫出现，无疑是很奇怪的。艾米发现她所想得最多的就是小猫，而不是其他什么东西。她从来没有养过宠物，甚至没见过什么动物。这个孤儿院里顶多会看到一些老鼠，当然那些老鼠只出现在厨房里，而这个地方孩子们是不能进去的。即使艾米想，她也不能用这些面包屑来驯化老鼠的。艾米知道小猫会来找自己，或者是来找藏在她身上的食物。这深深地触动了她。这只小猫是需要艾米的，即使仅仅是为了食物。它需要她，她也需要它。

在第三周的时候，因为艾米打开食物的速度慢了，那只小猫直接跳到了艾米的大腿上，那次艾米给它起了个名字——露西。

“艾米！艾米！”有人在拉她的手，艾米意识到茹比在和她讲话。

“你不吃三明治吗？”茹比往艾米的手里面塞了一块，艾米低头一看，差点吐了，又是鱼酱三明治。

“不！”她简短地说，然后又塞还给了茹比。当看到萝丝小姐眼睛望过来的时候，艾米又加了一句：“不，谢谢。我不饿。”

“有白面包和黄油，艾米。”萝丝小姐又递给了她另外一个，“你需要吃些东西，还有好几个小时呢，路还长着呢。”她继续温柔地说。

艾米点了点头。她难受得都不敢问他们到底要去哪里了，要不她肯定会哭起来的。

“想你那骨瘦如柴的小猫了？”乔伊侧过身来问她，因为他满嘴都是鱼酱三明治，所以艾米厌恶地把他推了回去。要是他们之前没看到就好了。她和小猫的秘密只维持了几个星期，那只小猫越来越听话，而且胖了不少，最重要的是，那只小猫很聪明，它知道艾米的屋子里面会有更多的食物。

迪尔洛夫小姐把小猫轰了出去，但是萝丝小姐似乎很喜欢猫。当她看到露西坐在窗台上的时候，或者穿过教室走廊的时候，她还会笑笑，并把头转向另外一边，这样她就不用轰走这只小猫了。而且厨师伊万斯女士也喜欢这只小猫——露西很聪明，它会把自己捉到的老鼠放到伊万斯女士面前。自此之后，艾米总会时不时看到在后院的防火门底部那里有一碟牛奶——或者是一只曾经盛过牛奶的碟子。

如果他们说的是真的，伦敦将会被炸弹夷为平地，那他们怎么能把露西留下呢？当然，还有毒气。艾米曾经听萝丝小姐和厨师说街上所有的邮箱都被涂上了一种可以探测毒气的颜料，如果街上飘着毒气的话，这种红色颜料就会变成黄色。这些话听起来好像战争随时会发生一样。如果这是真的，露西该怎么办呢？

艾米颤抖了一下，闭上了眼。她可以看到露西正躺在防火门平台那儿晒太阳呢。这只小猫喜欢斜躺着伸长自己的身体，这样你就会看到它那好像生锈似的红黑相间的肚皮——有时候它会仰躺着，四脚朝天。它会挥舞自己的脚掌，好像在邀请艾米去搔一搔它肚皮上的绒毛。如果艾米敢的话，多半情况下露西都会扑向她，但艾米是不会在意自己手上有抓痕的。

其他的孩子也把露西当成了自己的宠物，甚至还会喂它些面包屑，但是露西好像记得艾米才是自己第一个保护神，而且它总会回到防火门那儿待着。

在撤离的前一晚，艾米在其他人收拾东西的时候找到了一个很适合用来装猫的篮子，这个篮子也是从窗前那个放杂物的大柜子里找到的。这儿从前

肯定也养过猫，要不然，难道那个篮子是用来野餐的时候带去公园的？艾米还不知道这个孤儿院有哪个人做过这么惬意的事呢。艾米决定明天带上小猫一起走。她没有问迪尔洛夫小姐或者萝丝小姐是否可以带着这只小猫——她都没想过要问。很明显，她绝对不能把露西抛下。如果艾米不用抱着它或者在它脖子上拴上一条绳子，她就会感激不尽了。她认为猫是不会喜欢坐火车的。

撤离当天早饭前，艾米匆忙地挤过那十几个兴奋又茫然的孩子和一堆堆的纸质包裹、面具和散发着樟脑球气味的冬季大衣——尽管9月份的天气还很闷热，但是谁知道他们要去多远的地方呢？

迪尔洛夫小姐一边喂那些小孩子吃早饭，一边又跑到伊万斯女士那儿看看20份三明治是否准备好了。在厨房外的楼道里，她撞上了艾米，而艾米正拿着一小块滴着酱汁的牛肉，试图把露西引诱进带盖的篮子里。那只小猫已经把前爪放进去了，艾米正想着是否趁着这机会把小猫整个装进去呢。

“艾米！老天爷，为什么你还没穿上外套？我们这就要走了！篮子里是什么？你没把衣服装在里面吧，你装了吗？你应该把它们打理成一个包，像其他的孩子一样。”

艾米转身看到了迪尔洛夫小姐，而迪尔洛夫小姐气得脸都绿了。

露西趁着艾米慌乱的时候，从篮子里面跑了出来。

“不！”艾米尖叫道，“噢，小姐，快抓住它！”艾米用尽全身的力气，抓住了那只瘦弱的小黑猫——迪尔洛夫小姐觉得，这只小猫看上去和艾米一样邋遢、丑陋。艾米瘦得皮包骨，甚至比以前更瘦，因为她把自己一半的食物都用来喂猫了。艾米那细细的辫子已经松散了，而且她的胳膊已经被刮伤了。

“这令人恶心的流浪猫！我应该早就知

道……”这时迪尔洛夫小姐停了下来，瞪着那个篮子，“艾米琳·哈顿，你还想带着这个家伙和你一起走吗？”

艾米跪着慢慢爬起来，那只小猫还在她胳膊里不断地挣扎。艾米站在那儿，因为小猫不断地抓她而龇牙咧嘴。它还把艾米的针织衫都扯坏了。小猫根本不关心自己是不是被救，它饿了，而且它也不喜欢篮子。

“我们一定要带着它。”艾米小声说。当她看向迪尔洛夫小姐的时候，她那绿色的眼睛睁得很大。这不是艾米之前的那种瞪人的眼神——她并不想让迪尔洛夫小姐生气。这是一种混合着惊慌和难以置信的眼神。他们不能把小猫置之不顾，那太残忍了。“那些炸弹……”艾米支吾着说。

“我们不能带着一只小猫，更不可能是这只脏兮兮的流浪猫。那些更好的宠物甚至都……”迪尔洛夫小姐摇着头低声说，“快点，艾米，我们还要赶火车呢，还有很远的路要走呢！你弄得我们都要迟到了。现在，快点！”迪尔洛夫小姐想从艾米的胳膊里把小猫抢过来，但是艾米大叫一声并快速地后退了一步。露西发出嘶嘶的声音，不知道它到底应该生谁的气。露西又抓又咬又挠，最后艾米只能放手。当小猫从厨房快速跑掉的时候，艾米绝望地哭了。

“终于好了！现在快去穿外套，我们早应该出发了。伊万斯女士，你准备好了吗？孩子们都开始站队了。”迪尔洛夫小姐又对还在厨房门口看着这一幕的厨师说了一声。

艾米屈膝拿起了那个篮子，死死地盯着里面，好像她完全不信篮子已经空了。

“放下那个篮子！”迪尔洛夫小姐一把抢过了篮子。

艾米猛地一把又抢了回来：“不！我一定要去把它找回来。我们要带着它一起走！”

迪尔洛夫小姐抓住篮子，另一只手扇了艾米一巴掌。艾米扔下篮子，靠着墙，泪水从眼角流了下来。她之所以哭，并不是因为迪尔洛夫小姐打了她，尽管打得确实很疼。而是因为她意识到，他们是认真的，他们真的要把露西留下来了。

“我也实在忍不住了，”艾米听到迪尔洛夫小姐小声对厨师说，“讨厌的孩子，她这么做就是故意的。把她带走，好吗，伊万斯女士？我需要赶紧去把门窗锁好。”

艾米感觉伊万斯女士抱住了她的肩膀，用干巴巴的手抚摸了一下她因为被打而绛红的脸。她可以听到伊万斯女士温柔地说着什么，但是那声音是那么遥远。

“来吧，孩子。现在要走了。不要担心那只小猫，它会找到另外的家，我希望它能偷到腌鱼什么的作为它的早餐。我们该出发了。”

第2章

来到密赛尔斯威特庄园

艾米疲惫地爬出火车，她的防毒面具撞着她的屁股，那个棕色包裹被她紧紧地抱在怀里。他们被关在闷热的空间里好几个小时还是很难受的，尽管他们在约克站换了一次车，但是除了上厕所，孩子们没有时间干任何别的事情。艾米的腿都麻木了，而且已经完全不听使唤了，她的衣服黏腻腻的，紧紧地贴着她的后背。

孩子们和三个妇女无助地站在站台上四处张望，直到迪尔洛夫小姐抖擞抖擞了精神，挺直了腰板："会有人来接我们的，快点。"她弯腰抱起了茹比，茹比已经累得左摇右晃，她手里的小熊眼看就要掉了。

火车突然启动，随着一阵长鸣吱吱呀呀地开走了。当火车噪音慢慢消失的时候，这个地方变得异常安静，甚至比他们熟悉的后街还要安静，最起码那里还有一些隐约的车马声。这里是绝对安静的，除了从远处车站外面传来的柔和的马鞍辔的叮当声。傍晚的残阳低低地挂在天边，在铁路的另外一边，只有蜜蜂在青草上低低地嗡嗡作响。

一个搬运工推着小车匆忙地走上了站台，然后他开始从火车头的行李厢卸载那些木头箱子。

“迪尔洛夫小姐？车在外面等着你们呢。”

孩子们张大嘴巴看着他，完全被他那约克郡口音弄糊涂了。迪尔洛夫小姐感激地笑了笑，跟着他穿过那间小小的售票间，走到了外面的院子，那里有些怪模怪样的车在等着他们。

一个穿着时髦黑色制服并头戴鸭舌帽的男人向迪尔洛夫小姐点了点头，然后从迪尔洛夫小姐的手臂中温柔地将茹比抱了过去，并放在了肩膀上。茹比累得不行了，只看了他一会儿，然后就把头扎进了他的夹克里。那个男人若有所思地看了看这些孩子："我想我们可以把孩子们都装上车，小姐。为了装行李，我们还带来了马车。"他看了看孩子们的包裹，然后又看了看马车，摇了摇头，笑着说："行李装不满这辆马车，对吗？"

迪尔洛夫小姐转身看了看自己身后累惨了的孩子们，叹了一口气："我们带不了那么多东西——索尔比小姐在电报里说这儿有床铺什么的。"

"估计够了吧。"他说了一句，站在另外一辆车旁的那个男人笑了笑。"我不知道，睡觉的时候鼻子挨着屁股，就行了。"孩子们看着他，完全不知道他在说什么。他的意思是他们要睡在一起吗？这个男人向艾米打了个招呼，指了指第二辆车，说："小姑娘，在那儿挤挤，那辆车后面的空间可以装七八个你这样的。"

艾米爬上那辆车，那个男的将其他的孩子一个个推了进来，将那些小点的孩子放在大点孩子的腿上。当最小的孩子汤姆被推给艾米的时候，艾米往后缩了缩——他浑身湿腻腻的而且很难闻。她一点儿都不惊讶，毕竟他们坐了一天的火车。艾米把汤姆的衣服向屁股那抻了抻，并皱了皱鼻子。

当车辆开动的时候，艾米从汤姆的针织帽子旁边向外看去，这辆车走得又快又轻，完全不像那个摇摇晃晃的火车。那个车站——牌子上写着“新开地”——看起来像是小村子的一部分。这辆车很快地穿过了一个类似教堂的建筑，一些白色的村舍。但是每个小屋都有花园，而且所有的植物都长到了篱笆之外。艾米从来没看到过这样的风景，有那么一刻，一个短暂的、令人吃惊的并带有背叛意味的时刻，艾米发现她爱上了这里。

这辆车在两面都是树木的狭窄小路间蜿蜒而行，然后再向上驶去，一直穿过这些篱笆似的树木，最后进入了一片棕绿色的旷野。艾米瞪大了眼睛，而小汤姆则不由自主地一阵惊呼。这儿有点像孤儿院旁边的那个公园，但是比那个公园大了1000倍。一片广阔的、无边无际的、低矮的灌木丛出现了，里面的灌木有灰色的、棕色的还有浅紫色的。

“那是什么？”汤姆小声问。

“我不知道，”艾米说，“一片旷野吗？那边还有羊。”

汤姆的鼻子和胖胖的小手紧紧地贴在车窗上，“它们怎么不是毛茸茸的呢……”

艾米点点头：“可能它们是山羊，我不知道，你知道吗？”她从来没有看到过真正的羊，但是孤儿院的墙上挂着一幅画，画里面的羊显得更白，更软绵绵的。

当太阳落山的时候，万物的颜色也暗了下去，艾米颤抖了一下。这个地方太大了，一望无际的天空，荒凉到一条路都没有。之前他们去公园的时候——尽管只能大约一周才去一次——公园的周围也到处是建筑。这儿的空旷让人心悸，好像总是不对劲，而且不管你怎么努力去看，你也看不到边。这片旷野一直延伸到哪里呢？这片旷野的中心地带会是个什么样子呢？当他们经过一条清澈见底的小溪时，艾米深吸了一口气。车子驶过那座颠簸的小桥的时候，汤姆很兴奋地笑了起来，而艾米畏畏缩缩的。

“不远了，”那个驾车的男人透过车辆中间的玻璃窗对他们说道，“我们穿过那片沼泽，然后沿着路一直向上，就可以到达目的地了。你们看到那些树了吗？”

暗淡的金色亮光闪烁了一下，转为了淡绿色，因为他们驶入了好像由参天大树构成的绿色隧道。艾米向前探了探身子以便可以看到前面有什么。

“那儿，看看。那就是你们要住的地方。”这辆车驶出了那条绿色隧道，然后在一所灰色的大房子前的石头庭院里停了下来。这所大房子在傍晚的光线里显得朦朦胧胧的。

“这儿简直是一座宫殿。”亚瑟小声说。这回是艾米第一次没有嘲笑他，她想亚瑟这次说得对。这个石头庭院三面被灰色的石头围墙环绕。这座房子不是很高，没有角楼或者高塔什么的，但是它看起来很古老了。那些巨大的灰色石头的边边角角已经被风雨侵蚀得圆润了起来，那些窗户很小，被分成小小的四方块，夕阳在窗格上闪着光，连蜘蛛丝都清晰可见。

那些车慢慢地从另一侧开走了。当孩子们和三名妇女正在打量这座房子的时候，那扇巨大的木门打开了。屋子里面的灯光很亮，一时间看到出现在门口的那个身影却只是黑乎乎的一团，汤姆赶快躲到了艾米的身后，并紧紧地抓着艾米的衣服。但是很快，那位女士一边笑着一边快步走下了台阶，然后向他们伸出了手臂。

“你们终于到了！可怜的小家伙们，你们一定累坏了。欢迎来到密赛尔斯威特庄园。”

*****

艾米躺在高高的手工制作的木床上，一边看着小夜灯在托盘中燃烧，一边窥探着这所屋子。小夜灯很难提供足够的光亮，所以艾米好似半睡半醒间回忆着这混乱的一天。

她累了，但是因为在火车上已经睡过觉了，所以现在她反而很焦躁不安。茹比进了屋子之后，很快就抱着自己的小熊睡着了。艾米还是习惯八个女孩子住在一间大房子里——如果他们把这个房间里所有的家具都搬出去的话，这个房间和之前的宿舍其实也差不多大小。

蜡烛的火焰跳动了一下，正好照到了墙上的一匹马。这匹马身材修长，弓着脖子，珠光宝气的缰绳挂在一边。这所房子的墙上都是这些图案，什么城堡啊，马啊，狗啊，应有尽有。艾米从来没有看到过这些东西。她也从来没有见过马。他们刚才匆匆忙忙地被带了进来。那位迎接他们的女主人忧虑地向他们解释，因为灯火管制，所以屋子里不能点太多的灯，但是如果没有灯的话，她又怕孩子们撞到家具上。在他们进来之后，一个穿着制服的女仆砰的一声把门关上了。

这位友好的女主人和迪尔洛夫小姐握了握手，然后笑着向萝丝小姐、伊万斯女士和孩子们打招呼。

“克雷文夫人？”迪尔洛夫小姐小心地问。

“噢，是的，不好意思，我是克雷文。我希望我的丈夫也可以在这里欢迎你们，但是他今天早晨去伦敦了。你们极可能和他坐的是正相反的车。”她轻轻地笑了笑，但是听起来很古怪，好像她觉得自己的玩笑并不好笑，“我丈夫在他父亲去世的时候就从海军退役了，但是你知道，现在已经宣战了，他又重新入伍了。”

“克雷文。”艾米正在低声地告诉自己身边的乔伊，但是乔伊正在张大嘴巴吃惊地看着石墙旁边的一副盔甲。如果这个大厅不是有那么多盔甲和武器的话，这个地方倒像是一个教堂，因为它真够大的。“和咱们孤儿院的名字一样？这就是我们为什么住在这儿吧，你觉得呢?”艾米说。

乔伊不情愿地将视线离开那副盔甲和墙上相互交叉的长矛，然后不耐烦地看着她。他只比她大一岁，但是比她可高多了：“当然是了，傻瓜。就是这里，难道不是吗？难道你没看见孤儿院门前那个牌子吗？上面写着：为了感恩儿子科林康复而由密赛尔斯威特庄园的阿奇博尔德·克雷文先生出资修建。密赛尔斯威特，这就是她刚才说的，而且我曾经见过她。”他向着那位微笑的女士点头，而那位女士正在指着楼梯对迪尔洛夫小姐和萝丝小姐说着什么。她们正在想如何安排这些孩子呢，艾米想。那位驾驶马车的男人一定是在开玩笑，因为他说他们要脸挨着屁股睡。像这样的大房子怎么会没有足够的地方呢?

“如果你不是那么笨的话，你也会见到她的，”乔伊捅了捅艾米的肋骨，“她曾经来看过我们。她还是委员会的一员。”委员会的人会一年来两次，他们的到来意味着孩子们要把鞋子擦干净，甚至要把头发梳得一丝不苟，如果谁做错了事，萝丝小姐都会惊慌失措的。

“哦。”艾米咕哝着，乔伊翻了翻眼珠。她根本就没认出克雷文夫人来，她认为可能是因为当她见到克雷文夫人的时候，她穿的是剪裁讲究的套装和戴着一顶精致的帽子，而不是现在穿的这件老式的便装和羊毛衫。迪尔洛夫小姐其实也没立刻认出她来。

不知道明天会发生什么奇怪的事，艾米睡眼蒙眬地想。她已经习惯了一成不变的生活了。她躺在床上，瞪着墙，希望可以再看到那匹马儿跳跃起来。

他们被告知大部分时间都要待在这个屋子里。艾米想，反正自己也找不到出去的路。在吃完晚饭之后，他们被领着穿过了大厅，向上走过了一个被磨光的木质楼梯，然后在那些走廊里转来转去，又向下走几步，在那儿转个弯。这个房子像个兔子窝，那么多的通道。艾米疲惫地想他们会不会弄丢了茹比或者跟在后面的那些小点的孩子。

那个领着他们回房间的红脸颊女士向艾米笑了笑，并告诉她乡下的空气对她有好处，她太瘦了。

“全是骨头。”她一边拍着艾米的脸颊一边说。艾米皱了皱眉。她知道自己太瘦了。每个人都这么说。因为自己要把吃的藏起来给露西吃，所以她就变得更瘦了。想到那只小猫可能还在防火门等着她，艾米就更愁眉苦脸了。

“收起你的那怪样子，艾米琳！”迪尔洛夫小姐突然间说道，“对索尔比小姐说对不起。”

“艾米琳，真是一个好听的名字。”索尔比

小姐看起来是那种很温和的人，甚至在艾米不情愿地道歉时，她还在笑着，“你住这间屋子吧，亲爱的。”当她把窗帘拉上的时候，她还若有所思地四下看了看，“这些窗帘又好又厚，因为这讨厌的灯火管制，我们应该是安全的。克雷文先生昨天晚上在屋外四下看了看，看看是不是有漏光的地方，但是100多间房间怎么能都照顾到呢？当然，大部分二楼的房间都蒙着防尘布的。现在，我们把另外一张床放在这儿，正好可以再住个小孩子。”她又笑着看了看艾米，“我们这个地方好多年都没有女孩了，克雷文先生和夫人有两个男孩子，我希望你们明天可以见到杰克，他和你一样大。”

艾米点点头，并没有说她已经见过他了。当然，她不确定。但是刚才在楼梯那儿，就是在他们跟着索尔比小姐通过一个走廊的时候，有个孩子向下看了看他们。一个瘦削的凌厉的脸，而且还皱着眉，这和艾米是一样的。

这个男孩看到艾米在看他，他就吐了吐舌头。其他的人都那么友善，那么甜美，而这张凌厉的脸让艾米感觉真实多了。她不在意这个小男孩是不是粗鲁的，反正她也可以粗鲁地对待他的。她警惕地看了看迪尔洛夫小姐，没说话，也向那个小男孩吐了吐舌头。

想到那个小孩吃惊的表情，艾米在黑暗中笑了。很明显，他讨厌这群人来了这里。艾米也讨厌来到这里，而且她才不管别人是否知道这件事呢。

第3章

在花园里

艾米想，经过这一番折腾，他们的课会被暂时取消吧，况且并不是所有的工作人员都来了密赛尔斯威特。萝丝小姐和迪尔洛夫小姐在没有那两个更年轻的保育员的情况下苦苦支撑。那两个保育员坐火车去了伦敦的某一所医院接受培训。没想到萝丝小姐很有魄力地早早地将一个盛满了书籍的大箱子运了过来，而且还早早地把走廊另一端的屋子布置成了教室。这个教室的桌椅也是五花八门的，桌子是一些特别笨重的木头桌子，而椅子则是奇形怪状的，很不匹配。

艾米冷冷地盯着自己的历史课本。难道他们就不能忘了这个吗？她对这些故事一点儿都不关心，所以这些故事根本就是左耳进右耳出。除了涂鸦式的乱写乱画，她还擅自动手给伊丽莎白一世画上了胡子，不仅如此，她还给她加了一顶愚蠢的帽子。现在每次打开这本书，她都会有一种内疚感。

艾米甚至都不知道如果自己溜出去了，萝丝小姐是不是会发现。她净忙着照顾汤姆了，小汤姆因为不敢起夜而尿了被子，所以他认为他会被送回到伦敦。他太小了，以至于还没弄清楚，没有人会被送回去的。

手托着腮，艾米模模糊糊地瞅着自己的课本，任由书本上的字飘来飘去，或是重叠在一起。阳光透过窗户照了进来，桌子上便也有了它的色彩。艾米可以看到空中飘舞着粒粒灰尘。她可以听到窗外鸟儿的叫声——不同的叫声。如果是伦敦的话，这叫声大部分时候都是鸽子的叫声，而现在她完全不知道窗外是些什么鸟儿。没准它们能劝说萝丝小姐来次郊游？艾米迷迷糊糊地想。萝丝小姐曾经有一次还带着他们去公园里数野花来着。

或者他们可以对这个房子探索一番——其实这些壁画、那个盔甲也会讲述历史的吧？这总比一遍又一遍地读那课本上的阿尔弗雷德国王的故事好多了。艾米不知道密赛尔斯威特庄园什么时候建立的，但是它肯定有好几百年了。索尔比小姐可能会告诉他们的吧，或者是克雷文夫人。因为克雷文夫人曾经告诉迪尔洛夫小姐，不管有什么要求都可以告诉她，艾米曾经听她这样说过。

“你做完了吗，艾米？”

艾米在走神的时候肘部突然间滑了一下，她的手腕碰在了桌子的边上。她不用抬头就知道桌子另一端的亚瑟和乔伊正在笑她。那两个家伙正在自鸣得意呢，因为他们知道答案是11而不是10。“没有，小姐。”她咕哝着，握住受伤的地方，咬着嘴唇说。她正好磕到了骨头上。

“别瞎想了，快点听课，好吧？”

艾米的目光离开了斑驳的阳光而重新回到了课

本，因为流泪，她的眼睛模糊并开始刺痛……

*****

“我们可以出去吗？”艾米重复了一遍，双眼怀疑地看着索尔比小姐。她不相信这是真的，“我们自己出去吗？去花园的任何地方都行吗？”

“任何地方都行。”索尔比小姐点点头，然后向亚瑟和乔伊笑了笑，因为那两个家伙听到这个消息，一口气就把汤喝掉了。“你们可以走通道那头的楼梯，然后直走就可以走到侧门。从你们的屋子那儿的通道走，知道了吗？你们不能在这个屋子里面随便乱逛。但是你们可以去花园玩——如果花园里的花匠让你们上一边儿玩去，你们别在那儿捣乱就行了。”

“别忘了2点之前回来上下午的课。”迪尔洛夫小姐补充说，她显得很焦虑，好像他们一出去就再也回不来了，“你们三个大点的管好自己，小点的跟萝丝小姐和我在房子周围玩会儿就行了。”

“我们怎么知道什么时候是2点呢?”乔伊突然间问道，亚瑟赶紧在旁边捅了他一下。艾米显得很不高兴的样子。当然，他们都没有手表。她很忧虑地看了看萝丝小姐和迪尔洛夫小姐。现在好了，他们这次是出不去了。

“院子那边的塔上面有一个钟，”索尔比小姐冷静地告诉他们，“你们听着那个点就好了。它会在整点和半点的时候响起来的。”她锐利地看了亚瑟一眼，“你不会问我院子在哪儿吧，勇敢点孩子们，自己去找吧！”

亚瑟和乔伊风一般地跑了，艾米可以听到他们哐当哐当的下楼声。她也想飞快地吃完饭，然后跑出去，但是她不敢那么做，慢慢地喝完了最后一口汤。不知为什么，她总感觉她们是不会让她出去的。如果她显得很匆忙或者很兴奋，肯定会有人叫住她，让她继续待在屋子里面的。甚至当她走下楼

梯，把那个沉重的大门拉开的时候，她仍然等待着迪尔洛夫小姐把她叫住。

但是没有人那么做。艾米傻傻地站在门口，看着外边的那个花园。这很奇怪，因为阳光是那么明媚。现在已经宣战了，各种小道消息都说伦敦已经被轰炸过了，所有的东西都染上了悲哀的色彩，即使从窗户上看出去都是一样的。甚至这片荒野也被染成了铅色，在夕阳西下的时候，才挂上点紫色，而这些很快就变得模模糊糊起来，这时失去露西的伤感又会萦绕在艾米的心头。

现在她看着这条被紫杉树所包围的碎石路。紫杉树在阳光的照耀下几乎是黑色的，那些长在这座房子围墙边的爬山虎恣意地喷吐着绿色。艾米伸出手，摸了摸那些绿叶，她本来以为那些叶子是很粗糙的，但是没想到它们是那样柔软，好像肥皂泡一样的感觉。

这里就像是另外一个世界，清新，生机勃勃。

但是她突然间想到这样的时间对她来说只有一个小时了。

艾米砰的一声关上了门。她可以听到那两个孩子在远处大声地喊叫、追逐，艾米故意避开了那种喧嚣，她想开辟自己的一片新天地。这条路好像向下通往一片被修剪成拱形的密密的树篱笆。再远一点儿，是一片诱人的绿色。她跑了出来，当这条拱顶小路领着她来到一片完美的草坪时，艾米惊讶地屏住了呼吸。这片草地就像是一块地毯，它被修剪得短短的，艾米弯下腰，摸了摸，笑了。

然后，她转过身，看了看后面的屋子。他们能看到她吗？她可以想象迪尔洛夫小姐正在盯着她。但是那像钻石一样的小窗户正在阳光中一闪一闪地亮着，她没有看到任何人在向外看。她是不是已经离开那所房子足够远了？她皱了皱眉，这个地方太大了，很难分辨。她现在可以看清这巨大的花园了，这儿有墙、树篱笆、草坪，所以这片地方被隔开了，就像屋子里那些被隔开的房间一样。站在这块地较高的地方，她可以看到这片草地到底有多大——方圆好几英里吧，看起来是这样的。即使有人在看着她，艾米也确信他们是看不到她的。变小真是妙不可言啊，而且还可以变得很神秘。这个地方看不到一个人，一个人都没有。

她站了起来，伸出手臂，感觉到阳光照在了自己的手掌上，手腕上——她的羊毛衫很小，所以袖子都随着胳膊缩了起来。她向远处走了几步，以便可以看到这片草坪远处的斜坡。她看到一条石子路一直延伸到河边，还有一块风蚀后的灰白石头矗立在阳光下。那边还有一个波光粼粼的池塘，周围还有些蜡白色的花朵。

艾米沿着那条路一口气跑到了池塘边，然后弯腰蹲在了水边。里面有些金鱼在水面之下打转，因为艾米的倒影映在了水面之上，那些鱼儿慵懒地向她的倒影游了过来。可能它们希望她是来喂它们的吧，艾米想。艾米一屁股坐在了石子路上，突然她想起了露西，她是多么生气啊，她是多么讨厌这里啊，她讨厌这样——不过她在这一刻都忘记了。露西在防火门那儿等了多长时间了，两天？它找到吃的东西了吗，还是从别人的残羹剩饭里找吃的？

艾米盯着水面的倒影，希望那里也有一只黑色的小猫，正在看着那些鱼，或者在温暖的石子路上伸着懒腰。艾米的手指动了一下，她多希望能再次抚摸那只黑色的小猫啊！

她突然间站了起来，驱散了那些金鱼，快步地走过那个池塘和那闪着金光的喷泉。太阳、花香和紫杉树发出的辛辣味道让她忘记了自己的失落。然而她并不属于这里，哪里也不属于她。艾米加快了脚步，沿着池塘边猛跑。她飞快地盲目地拍打着池塘边的花朵，强烈的柠檬味和嗡嗡作响的蜜蜂随之而起。这个花园和另外一个黑色的树篱笆墙接壤，她冲过角落里的拱门，双拳紧握，她因为这儿的完美而生气发狂。她宁愿躲在一个没有人看到的破旧的铁质防火门旁，她才不在意这个地方有多漂亮呢。

有人在笑，艾米听到有跑动的声音。她猛地转身，因为她不想让那些男孩子们看到她。她现在站在砖头铺就的路上，当然这和喷泉旁边的石子路是没法比的。这里一侧被树篱笆围住，而另一侧被修剪得体的常春藤围住。常春藤上挂满了黄色的簇状果实般的花朵，蜜蜂在那里飞进飞出。艾米完全不知道那些黑色的叶子是什么，但是她喜欢这些泛着微光的叶子。她放慢了脚步想看一看蜜蜂——这些特爱嗡嗡的小家伙，这些从一丛花飞到另一丛花的圆滚滚一身绒衣的小家伙。

她正要快点走，因为她意识到那些男孩们可能开始往回跑了。突然间在她头顶上传来一阵清亮的颤音，她后退一步，吃惊地看了看上面。刚开始她还以为是亚瑟和乔伊爬上去了呢，但是上面一个人都没有——只有一只很小的红色肚皮的小鸟正在常春藤上好奇地看着她呢。

“一只知更鸟！”艾米好奇地看着它，她还没有看到过真正的知更鸟呢！她曾经在圣诞节的卡片上见过，因为萝丝小姐曾经教过他们如何画知更鸟，不知道什么原因，艾米曾经认为知更鸟是和圣诞节故事书、爆竹、长袜和骆驼联系在一起的。

那只知更鸟侧着身歪着头看着她，这是一只浅灰色的知更鸟，态度可人，微风弄乱了它胸脯上那些红色的绒毛。它一边鸣叫着，一边用它明亮的小黑眼珠看着艾米。

“你知道我是新来的，对吧？”艾米小声说，“一个新来的、不同的人。索尔比小姐说这里好多年都没有女孩子了。”她站近了一点儿，仔细地观察那只知更鸟用发亮的小嘴唱出了美妙的歌声。这简直就是奇迹。然后，那只鸟儿停止了歌唱，既害羞又骄傲地侧头看着她，艾米撮起了小嘴，用哨音

回复它。

“我必须走了，”她小声说，“她们说我们必须按时上课，我可能早就迟到了。我是多么不想上课啊。”她对那只鸟儿说。这不禁让她嘀咕，她到底为什么要和鸟儿说这些呢？但是那只鸟儿好像很聪明，好像听懂了她在说什么。它飞上了上面的枝条，然后站到了围墙上，最后轻轻挥动翅膀飞走了。

艾米也转身跑起来，她穿过了小路、树篱笆、喷泉边的梯台，跑上了楼梯，双颊晕红、气喘吁吁地跑进了教室。

“天哪！”萝丝小姐瞪着她，亚瑟和乔伊又开始嘲笑起她来了。

“我迷路了，”艾米很快说道，“我找不到回来的门了。”

站在萝丝小姐旁边的一个陌生男生不屑地哼了一声，这时萝丝小姐记起来他还在那儿呢。“是的，杰克，这是艾米——她10岁了，和你一样大。”

艾米抑制住了自己的叹息。因为在孤儿院里没有和她同龄的，所以她总是很生气。但是她是不可能和这个小男孩做朋友的——这就是在楼梯栏杆那儿做鬼脸的家伙——仅仅是因为他也是10岁。

“艾米，这是杰克——克雷文夫人的儿子。他在寄宿学校上学，但是他起了麻疹，所以他现在还需要待在家里。”

“我很快就会去学校的，”那个男孩插嘴道，“随时就会回去。”

“当然。”萝丝小姐笑着说，“但是现在，杰克要和我们一起上几节课。”

那个男孩儿转了转眼珠，亚瑟、乔伊和艾米狐疑地看了看他，因为对这位陌生人的厌恶使他们迅速地结成了同盟。但是他们好像忘了，这个陌生人才是这个家真正的小主人。

“寄宿学校？”当杰克坐回座位的时候，亚瑟偷偷和乔伊说，“命运真是很奇怪啊。”

杰克瞪了亚瑟一眼，但是什么都没说。他整个早晨都非常安静，并快速地做着萝丝小姐发给他的数学题，然后在萝丝小姐安排完小点的孩子写字之后返回时，迅速地将作业交给了萝丝小姐。萝丝小姐有点吃惊，她从来没有料到他能这么快地写完。艾米和其他的孩子厌恶地瞪着他，他倒是又帅又聪明啊。

杰克垂着头，萝丝小姐一说3点半了，他就长出一口气，溜出座位跑了。

“真是又清高又讨厌的家伙啊！”乔伊恨恨地说，让大家吃惊的是，艾米这次竟然点了点头。

第 4 章

玛丽的日记

那天早晨他们没有上教堂，只是唱了赞美诗，迪尔洛夫小姐读了些《圣经》上的故事，因为她紧张地看着壁炉台上的那个小计时器，所以说错了好几次。到了11点钟，孩子们都冲到了议事大厅，在那些女仆和花匠间钻来钻去。厨师和伊万斯女士泡了茶，但是几乎没有人喝。大家都挨挨挤挤地围坐在光亮的木质收音机旁边。全屋子的人都在那儿，艾米想，她想在没人看到的情况下数数有多少个仆人。迪尔洛夫小姐在吃早饭的时候告诉他们首相将会讲话，这是很重要的。她没有说到底怎么回事，但是她很紧张，甚至连一向和善的索尔比小姐看起来都很紧张。

当声音“这是伦敦……”回响在这个房间的时

候，艾米看到克雷文夫人和杰克也走了进来，杰克靠在她的胳膊上，冷冷地扫视了一下其他的孩子。一个花匠男孩迅速地站了起来，让出了座位。克雷文夫人向男孩笑了笑，拍了拍他的胳膊。亚瑟和乔伊正在地板砖间的空隙里滚弹珠呢，而汤姆正在向萝丝小姐抱怨说自己饿了。

但是当广播继续的时候，甚至连最小的孩子也变得安静了，他们被广播中所传出的那个带有悲伤和挫败感的声音所感染。迪尔洛夫小姐紧紧地把茹比抱在腿上，艾米看到她的头在茹比的头上靠了一会儿。她太吃惊了，以至于她过了好几秒才明白首相张伯伦先生在说什么。

我们国家已经和德国人开战了。

艾米早知道这件事了。这就是为什么他们被撤离伦敦的原因嘛，难道不是吗？难道他们都在希望这件事不会发生吗？艾米看了看这个屋子中的男男女女，他们的恐惧是如此真实以至于艾米觉得都可

以触碰到了。当这个悲哀的声音消失的时候，铃声响起，艾米吓了一跳。屋子里面所有的人又开始活动、叹息，女仆们有的拥抱在一起，还有几个甚至哭了起来。

“嘘，听！”索尔比小姐向着收音机走去，一个人正在里面严肃地重复着战时防空警报和防空洞等方面的指示。“那些地窖。我们必须利用起那些地窖来，那里是最安全的地方了。”索尔比小姐看了看克雷文夫人，她咳嗽着点了点头。

“那我们下午就开始吧。我认为他们不会打到这来，但是为了以防万一……”

“我们还可以搭几个铺位，夫人，”其中的一个花匠建议说，“最好再备上几盏防风灯。”

当收音机里面响起国歌时，所有人都匆忙地站了起来，那些糊里糊涂的孩子们也被拎了起来。没人跟着一起唱，只是低着头在聆听。艾米想，女王还在伦敦吗，那些公主呢，她们也被撤离了吗？

艾米现在本来应该在地窖里面，可她又一次溜到了花园里。迪尔洛夫小姐说吃过午饭之后他们都要帮忙收拾卫生的。但是即使有防风灯，艾米也不能忍受待在黑暗的地窖里。他们已经在密赛尔斯威特庄园里睡了两个晚上了，她觉得这个地方又奇怪又黑暗，即使是地上也好不了多少。那个小小的小夜灯和窗外的黑暗比起来根本不值一提。约克郡的晚上很黑很黑，但是伦敦是不会这样的。这里的星星都看起来冷冷的。不过伦敦的街灯关掉了。当茹比抱怨伦敦太黑的时候，迪尔洛夫小姐告诉他们的。这可是战争。全国都是黑漆漆的，这样那些轰炸机就看不到了。这种说法让艾米一想到就不寒而栗。

她摸着小路边上的那堵砖墙，然后再掸去手上那些红色粉末。艾米知道，这条小路一直延伸到菜园和果园。她还没有走遍所有的园子，甚至可能一半都不到。但是菜园特别有趣——有些植物长在奇

怪的玻璃罩子下面，还有些豆子一样的东西从木质的架子上耷拉下来。这是一个捉迷藏和发现新大陆的好地方。艾米已经来过好几次了。

这堵墙破破的，砖头之间还有些浅紫色的苔藓。去往菜园的门开着，她好奇地四下窥视了一会儿。她觉得不会有人在那儿的——不用绕着走也不会有人发现她的。

所有的花匠都在议事大厅。如果有空袭的话，那些地窖也会变成他们的家。每个人都在那儿，盘算着怎么装饰这些地窖，怎么加固那些房梁，那些输送煤炭的通道是否能够成为逃生通道——如果这所房子突然间坍塌的话。当男管家说这些话的时候，每个人都恐惧地看着他，他的脸绯红了起来，并且非常抱歉地看着孩子们，然而随后他又耸了耸肩。这样的事发生过，他曾经在索姆打过仗。他们正在谈论当时那些炸弹……当然，这附近并没有机场，这里离约克郡还远着呢，而且离任何的城镇都很远，但是他们离海边却很近。所有的人都点了点头并咽了咽唾沫，并且试图不去想大山压在头顶的那种感觉。

没有人说过他们不能在这些园子周围玩耍，但是艾米直到现在才发现这片新大陆，因为平时园子里面是有人干活的。他们都是些友善的人——有个人曾经对着她笑，问她是怎么住进来的，可是她瞪了他一眼。艾米不像亚瑟和乔伊一样喜欢和人接触，他们不到一天就发现了果园里的苹果和梅子。那些干活的人会在他们爬树摘果子的时候，故意看其他的地方。作为回报，这两个家伙还会帮助那些干活的人除草或者捡地里的石头。

现在这片园子没人，而且阳光明媚，寂静无声。她可以绕过那些小路，偷窥一下菜园。大部分菜，她都不认识，因为她只见过被切成一段段的被煮熟了的菜。她左顾右盼，想，或许她能再次见到那只知更鸟吧。鸟儿吃蔬菜，难道不是吗？上次艾

米见到它的时候，它正站在爬满常春藤的墙上，那里离这里不是很近吗？

艾米小心翼翼地走着，她绕过了一畦恣意生长的豆子，看着最后几个从架子上耷拉下来的豆荚，这时她突然撞上了一个正在给豆子插架的男人。她快速地往后一蹦，当那个男人看着她的时候，她又赶紧后退了一步。

“你是谁？”

艾米沉默了一会儿。倒不是因为他的约克郡口音使他的提问变得难懂，而是他脸上的伤疤使他的嘴歪向了半边，所以他的声音有点模模糊糊。艾米咽了口唾沫说：“我是被允许到这儿来的。”

“从来也没说过不允许。”

“为什么你不和其他人待在一起呢？他们都在地窖里弄铺位呢，或者其他的什么。因为我们现在已经和德国开战了。”这是她第一次说这样的话，她总觉得这件事情有点太夸张了。

“我们？”他咕哝着，“你们就是因为这个才来到这里的吧？你就是克雷文夫人说过的那些撤离出来的人之一吧？”

“是的。你今天早晨难道没有去听广播吗？我还以为所有的人都去了呢。”

“并不是所有的人都想知道这些事情的。”

艾米警惕地向前走了一步。她想问问他脸上的伤疤是怎么回事，但是她还想不出来怎么问才会不失礼貌。她怀疑他是在第一次世界大战的时候受的伤——就像每隔几周就会来磨剪子或菜刀的那个瘸子。她正想着如何措辞呢，突然一个红灰条纹的小家伙飞了过来，落在了她和那个男人中间，还好奇地看着他们俩。

“噢，那只知更鸟！”艾米弯下腰来仔细地看着它。

“那么，你认识它喽？”那个男人若有所思地看着她。

“我昨天见过它的。”她想对着那只鸟儿吹口哨，而那只鸟儿侧着头相当困惑地看着她。

“我不觉得我正在制造噪音……”艾米说。

“我却不这样觉得。”

“好吧，没必要这么粗鲁吧。”艾米瞪着那个男人，而那只知更鸟却飞上了他的肩膀，它的鳞片似的小爪子紧紧地抓住了那个男人的平绒马甲。

“那样尖锐的声音是会吓坏它的。”那个男人说，在他那模糊的发音下他的声音显得很温柔。

“对不起……”艾米的声音慢慢地变成了嗡嗡声，“它为什么会落在你肩膀上？它喜欢你吗？”

“我想在它还在鸟蛋里的时候我就认识它了。它就是在这个菜园的那边窝里孵出来的，一个很近的窝，你想看看吗？不过我走得不快。”他的脸抽搐了一下，那些伤疤显得更加狰狞了起来。艾米不想表现得太夸张，但她的眼睛和嘴巴还是表现出厌恶的样子。

“现在我走得更慢了。”他接着用一种低低的暴躁的声音说。突然他站了起来，于是那只知更鸟就离开了他的肩膀，飞向了天空，很快就变成了一个灰色的小点。那个男人把放在旁边的木质拐杖拿了起来，艾米还以为那个拐杖是个农具呢。现在他拄着拐杖咚咚地走着，艾米看到他的腿的另一部分是铁的。那只知更鸟在他的头上盘旋着，当那个男人走向菜园另一端的时候，它叫得更起劲了，然后那只鸟儿就飞到墙那边去了。

艾米看着他们，希望自己没有做鬼脸，她本来不想做的。她喜欢这个男人，尽管这个男的和自己的脾气一样臭。她知道她把他气着了，或者是让他伤感了。但是她也想让那只鸟儿落在自己的肩膀上。

艾米绕着那个菜园又转了一会儿，希望可以再次见到那只知更鸟，可是它已经飞走了。那里只有一些正在啄食水果的黑色的鸟儿，当这些鸟儿见到她以后，一下子就都飞走了。

“我想我应该回去了。”艾米就像刚才那个男人一样温柔地嘀咕着，如果她在外面待的时间太久的话，萝丝小姐可能明天会关她禁闭的。如果别人都在忙着或者因为战争而紧张不安所以没有注意到她，那就太幸运了。她沿着那条路跑到了一片灌木丛，当风将她的头发撩起的时候，她还轻轻地笑了笑。

然后她停住了，紧靠着那些恣意生长的紫杉树篱笆，努力把自己的脸变出一种带有战争严肃性的神情来。克雷文夫人也正朝这个方向走来。

艾米礼貌地点了一下头，希望克雷文夫人就此走过，但是对方却停了下来。她弯下腰来对着艾米说：“在这个地方你玩得还开心吗？”

“我不是故意这样做的。”艾米匆忙说。

“哦，我不是说你不应该在这儿玩。你这样到处跑还是很可爱的。”她咽了口唾沫，“我希望这一切都没有改变过。”

艾米好奇地向上看了看，她不确定克雷文夫人后面这句话是不是对她说的。因为对方的话好像是对她自己说的。

“你在园子里面转来着？”

“是的，刚才在里面玩的时候，还碰到了一个人，”艾米说，“他可以让一只知更鸟落在他的肩膀上。”

“哦，那一定是索尔比先生了。他可以把树上的鸟儿都吸引下来的，如果他想的话。”她吃惊地看了艾米一眼，“他和你说话了吗？”

“他说我的声音太尖锐了，”艾米一边皱眉一边说，“而且他还说当那只鸟儿还是鸟蛋的时候，他就认识它了。索尔比先生和屋子里面那位索尔比小姐长得很像啊！”

“是的，那是她哥哥。”克雷文夫人将手放在了艾米的肩膀上，“他不大和人说话——如果他对

你大嚷大叫，你别生气。你会生气吗？”

“他是在打仗的时候弄伤的腿吗？”

“在战争快结束的时候。”克雷文夫人叹息道，“自从那件事以后，他的腿再也不像从前了。这让他很难过，而且他对过去的事情一直念念不忘。”她想向艾米笑一下，“我知道这是很久很久以前的事情了。远在你或杰克出生之前，或者甚至是大卫之前。但是有时想想，又像是昨天一样。”

艾米点点头。迪尔洛夫小姐可能根本不想让艾米和克雷文夫人说话，但是她想知道——她想知道除了乔伊、亚瑟以外更多的事情。“大卫？”艾米礼貌地问道，“您还有另外一个儿子吗？我只知道杰克。”

克雷文夫人看了看她，眨眨眼，好像已经忘记了艾米还站在那儿一样：“是的，当然，你没有见过他。他是我大儿子，他参加了英国皇家空军。”她用手捂住了自己的嘴，模模糊糊地说了些什么希望你玩得高兴的话，然后克雷文夫人快步转过了篱笆。但是艾米看到她还站在那儿呢，她不想让人看到她哭了。艾米不想让人看到自己哭的时候也是这个样子的。

艾米偷偷地一摇一晃地走着，希望路上的碎石不要发出声音来，她希望经过侧门然后找到其他的孩子。可能有些事情比黑暗更可怕。

*****

艾米踢了踢茹比床边地板上的小熊，她可以听到茹比和其他的孩子在窗户下的草坪上互相追逐时所发出的又嚷又叫又笑的声音。

当然，迪尔洛夫小姐已经注意到前天她并没有在地窖帮忙——萝丝小姐甚至还到外面找过她。所以当她出现的时候，她们说她们因为担心所以一下午都在昏天黑地地找她，她倒是像一块化不开的黄油一样不思悔改。艾米想，她们看起来一点儿都不像是担心，倒像是生气，不过这一次她倒是很知趣地没说话。

吃完早饭之后，迪尔洛夫小姐就把她关到了屋子里面，并且还给了她抹布、蜡光剂，然后告诉她把屋子收拾一下。艾米把自己床边那个黑色木质的桌子稍微涂了涂，这样这个屋子闻起来就会有薰衣草的香味，而且她们也就无话可说了，然后艾米就又跑去看窗外了。现在她被关了起来，所以连那个雾蒙蒙的紫色的沼泽斜坡都看起来是那么吸引人。然而听到其他孩子玩的声音更让她生气，因为她要被关整整一天。迪尔洛夫小姐说会让艾米在上课的时候出来一会儿，可是除了有机会瞪着桌子那边的杰克，这跟关在屋子里面也没什么区别。看到杰克那张自鸣得意、充满鄙夷的脸，艾米就禁不住要怒目而视了。

艾米叹口气，一头扎在茹比的床上，那张床拼命地响了起来，好像要散架的样子。然后艾米拿起了那只小熊，一边道歉，一边拍了拍上面的尘土，最后艾米又把它放在了茹比的枕头旁。

她要做点什么呢？即使萝丝小姐的课要讲好几个小时，但是这对一整天来说根本就不值一提。因为孤儿院里面照顾小不点的那两个保育员没有来，这就意味着萝丝小姐还要忙着照顾那些小不点并且还要教他们很多东西。所以艾米会被关在这个房子里面很久。她还不能读书，因为书都在教室里面呢。但是，一定有什么事情是可以做的。

艾米站起来，站在这间屋子的中间，看着灰尘在透进窗户的阳光里舞蹈。她想她可以真的打扫打扫屋子，或者是给家具打打蜡，就像迪尔洛夫小姐告诉她的那样……这样，她可能还好受一点儿。终于，艾米极不情愿地拿了放在床边桌子上的那罐擦家具的东西，然后弯腰捡起刚才掉在地上的抹布。因为这个弯腰的动作，艾米第一次注意到这个桌子还有一个抽屉。她想那里面也不会有什么有趣的东西——但是没准里面会有牌的，这样她就可以打牌消磨时间了。

她拉了拉那个抽屉——它卡住了，好像很久没有人打开过这个抽屉了——然后，这个抽屉突然被打开了，里面的一些褪色的书本散落了出来。

艾米叹口气。这些书看起来一点儿意思都没有。一共有3本，每本书都由一个褪了色的布质书皮包裹着。这有点像迪尔洛夫小姐的账目清单。

艾米抽了一本，然后随手翻了翻，里面写得密密麻麻的，但不是账目清单，更像是一本故事书。尽管笔迹看起来很古老，但是这字的书写真是太糟糕了。这样的书写让艾米都不屑一顾。不过也就是那时候，艾米突然间意识到这些书是一些日记——一个孩子的日记，这一点她是相当有把握的。上面写满了日期。这是一些关于某人生活的故事。艾米突然有兴趣了起来，她把抽屉里面所有的日记都拿了出来，然后拼命地寻找哪一篇才是最早写成的。

这三本日记里面最古老的那一本是红色的，它的封皮已经褪色成了粉色，而且装订也有些松了。当艾米看到第一页上面记载的日期的时候，她笑了。1910年1月，这是第一篇日记。

封皮内部有些用淡褐色墨水记载的东西，艾米拿起来，然后拿到光线更充足的窗户那边去看。

玛丽·伦诺克斯

密赛尔斯威特庄园

这不是我的本子，但是没人要。所以我把它当作了我的日记本。没人会在意这些的。

玛丽·伦诺克斯……艾米念了念这个名字。她喜欢这个名字。所以这是一个女孩儿的日记。可能和她年纪差不多吧？那充满怨念的、七扭八歪的笔迹让艾米不禁这样想。

艾米完全忘了自己该干什么了，她把剩下的日

记放回了抽屉。然后她拿着那本日记靠在了床上的枕头上。其中的一页好像要脱落了，她把它又塞了回去，然后她开始读了起来。

柔软的红色羽毛，瘦小细长的腿……我希望我可以和它成为朋友……我一个朋友都没有……

艾米看着这本日记，努力地咽了一口唾沫。她觉得好像有什么东西卡在喉咙里面一样。这个玛丽和自己竟然会有一样的想法，她也曾经在园子里面见过知更鸟。可能那只鸟儿还是艾米见到的那只知更鸟的爷爷的爷爷的爷爷呢。

但是如果她曾经住在这里的话，这栋巨大空旷的房子应该就是她的家了，那么为什么玛丽小姐没有朋友呢？她一定很有钱，艾米想。她肯定要什么就有什么。艾米把这篇日记直接翻到了开头，但是她却皱起了眉头。

我不喜欢这个地方，我也不想待在这里。但是我没地儿可去。

尽管这些字迹已经褪色了，但是这些字还是在泛着微光，艾米用手抚摸着这些字迹。原来还有人和她是如此相似啊。

这时门外响起了一阵脚步声，艾米赶紧把日记合上，并把它塞进了抽屉里。然后她抓起了抹布，开始擦床脚的栏杆，脸上还表现出生气痛苦的表情——这种表情正是她们所期望看到的。

萝丝小姐打开门并轻轻地叹了一口气说：“出来吧，该上课了。”

艾米跟着萝丝小姐去了教室，不过她脸上阴沉的表情只是为了装装样子罢了。既然那些日记本在自己的屋子里，那就是她的了，难道不是吗？没有人会介意她读这些日记的，而且也没有人会说什么。她还相当确信，不管玛丽小姐是谁，都不会介意的。

*****

“别做白日梦了，艾米！”萝丝小姐一边用指甲叩打着艾米前面的那本书一边说，而艾米只是看了看她。她刚才正想着那只知更鸟呢，想着为什么那只鸟儿总是侧着头看她，是不是那只鸟儿觉得她很有趣呢。几乎从来没有人觉得她是个有趣的人。除了露西以外，所有人都觉得她是个讨厌鬼。因为一只鸟儿让艾米想起了自己的猫真是很愚蠢，但是她确实是这样的。那只小猫也是这样看着她，带着点好奇，还有些疑神疑鬼。艾米驯化了露西，可能她也能驯化得了那只知更鸟。

“又开始做白日梦了！”乔伊一边傻笑一边小声说，“你想什么呢，艾米？”

“她又想她那只愚蠢的猫了。”亚瑟用铅笔

捅了捅她的胳膊，“是不是啊？看，是吧，她的脸都红了。”他很无聊，所以嘲笑艾米就成了他的乐趣，如果能让艾米大发雷霆就更好了。

“才不是呢……”艾米嘀咕着，她很恨自己为什么这么容易脸红。为什么自己不能不想露西呢？“我就是想了，那又怎么样呢？”

“什么猫？”杰克问，他们所有的人都瞪向他。杰克从来不在课上说话，除非是萝丝小姐直接问他问题。因为在过去的两天他总是趾高气扬地并且带着一副不屑一顾的表情进入教室，而且只要有可能他就会立刻溜出教室，他之前从未和任何人讲过话。

“她在伦敦有只猫，”在沉默了一会儿后，亚瑟说，“一个瘦得皮包骨的黑色家伙，一只流浪猫。你还用你自己一半的食物喂它来着，对吧，艾米？这也是为什么她这么瘦的原因。”

“然后，她还因为迪尔洛夫小姐不肯让她带来那只小猫而大发脾气呢。”乔伊又加了一句，“她还哭了呢。”

亚瑟窃笑道：“她又要哭了，看！”

艾米的手指甲深深地嵌入了肉里，并因此在她手上留下了半圆形的紫色痕迹：“我才不会哭呢。”艾米努力抑制着自己想哭的冲动，并狠狠地瞪着杰克，而不是乔伊或亚瑟。因为这是杰克的错，谁让他问来着。如果他不问的话可能他们根本就不会理她的。

杰克那双灰色的像闪亮的宝石一样的眼睛也瞪着艾米：“所以你们就把那只小猫留在伦敦了？”

艾米并没有理他，因为她并不相信他。

“你知道伦敦的猫猫狗狗都怎么了吗，难道你根本不知道？”

亚瑟向后靠了靠，然后回头看了看萝丝小姐，而萝丝小姐这会儿正忙着教小孩子数数呢。“怎么了？伦敦现在不是还没有被炸吗，我们都已经听

说了。”

“全死了，全部！”杰克仍然瞪着艾米，“都被杀死了。因为没有足够的食物喂它们。而且这些猫猫狗狗因为害怕炸弹所以都疯了。在夏天的时候这里还被送来过一些宣传册，那里面告诉人们最好做些什么，就像是那些关于避难所或者面具一样的册子。成千上万的狗和猫都被杀死了。人们先把它们带到兽医院，然后那些兽医院……”

“你说谎，”艾米脱口而出，“你这样说仅仅是因为——因为你恨我们。”

杰克耸耸肩：“我确实恨你们，但是这件事情却是真的。当妈妈在新闻里读到这些的时候，还掉了眼泪。一些公爵夫人还想让人们把那些动物送到自己的乡下别墅去，但是这太晚了。”他胜利式地笑了，而艾米这时能做的好像只剩摇头了。太可怕了，这不可能是真的。但是那些故事又好像真的一样，杰克怎么会杜撰这些事情呢？

“露西不是被人驯养的宠物……”艾米低声说，“没人能把它带到兽医院去。”

杰克耸耸肩：“我敢打赌，他们是不会放过那些流浪猫的。”

“他们为什么不会放过呢？”乔伊突然说道，“别这样，艾米。他这样说无非是想让你大哭一场罢了。”

艾米回头看了看乔伊，她的眼睛红红的，泪水好像已经模糊了她的眼睛。难道杰克只是在逗她吗？

“除了你以外，没人能够捉住那只瘦猫的，它肯定会没事的，我敢打赌那只猫比炸弹跑得快多了。”

亚瑟点点头，然后又笑了起来：“而且它还不怕黑，它完全能够适应那样的环境。”

艾米对他们的评论嗤之以鼻，但是他们都站在她这一边，这感觉还是很怪异的。

“你爱怎么想怎么想，和我一点儿关系都没有。”杰克看了看他们，然后又眨了眨眼睛。不过他又压低声音说：“不管怎么样，艾米知道我说的是真的。”

玛丽·伦诺克斯

密赛尔斯威特庄园

1910年1月14日

我总是溜到园子里面去，因为除此之外我没什么事情可以做。天气很冷，所有的东西都是灰色的，甚至天空也是。那里有一个喷泉，但是里面根本没有水，只有很多已经枯萎的落叶。

有只鸟儿落在其中一棵树上。我问一个上了年纪的园丁，他告诉我说那是一只知更鸟。那只鸟儿向我叽叽喳喳地叫，好像在对我说着什么。那只鸟儿通身灰色，前胸有一些柔软的红色羽毛，它还有一双瘦长的小腿。它和我在印度见到的鸟儿都不一样。当我第一次见到它的时候，它站在墙边那棵树最高的枝丫上。我想它一定是那个被锁起来的园子里面的鸟儿。

关于那个被锁上的园子，是女仆玛莎告诉我的。因为园子很多，所以我想问问玛莎那个园子在哪里，但是她很生气，还说我爱管闲事。

我想去看看那个园子，但是那个园子没有门，或者是我找不到，所以我就到处转。这个庄园里有两个菜园，一个果园，果园那边还有一个园子，不过那个园子根本没有办法进去。

我非常确信，那只知更鸟一定就是那个园子的。我要找到那扇门，或者我也可以翻墙过去，然后我就能再次看到那只知更鸟。它的歌声是那么嘹亮，我认为那只鸟儿是喜欢我的。我希望它可以和我做朋友。

因为我一个朋友都没有，我想找一个。

第 5 章

艾米的心事

艾米又往被子里面钻了钻，拼命想睡着。她有点发烧，如果她是清醒的，她就应该知道天是多么黑。风在房子周围肆虐咆哮，这些风都是从沼泽那边的斜坡吹过来的，它像困兽一样在烟囱中怒吼，艾米不想起来也不想去想这件事。她用被子紧紧地捂住自己的头，这暖暖的、静静的黑暗让她感觉很安全。不过钻在这又热又闷的被子里也不是长久之计。所以她像小老鼠一样爬了出来，一边听着风声和茹比轻微的鼾声，一边不断地打战。那本日记慢慢地从这床破被子上滑了下去，咚的一声掉到了地上，但是艾米太虚弱了，所以她并不想下去把它拿起来。

风声已经小下去了，但还是很怪异。刚才是什么让风竟然发出了一种特奇怪的像打嗝一样的声音呢？可能是一只猫头鹰？可能是站在窗沿哀号的猫头鹰？亚瑟就见过一只，当时那只猫头鹰正从窗户那儿向着下面的园子飞扑而下——或者他也就是说说而已。

艾米颤抖了一下，尽管这个屋子很暖和。她现在已经完全醒了，再假装没醒也没什么用处了。她坐起来，双手抱膝，仔细地听着。不管告诉自己多少遍那个声音是风发出来的，可那个声音确实像极了什么东西要破门而入。当窗户再次发出吱呀声的时候，艾米吓了一跳，然后她开始大口大口地呼吸。

风声过后的寂静是那么吓人，整个空寂都包围着她。艾米把头埋在了双膝之间，然后盖上了被子，等待着风声再次怒吼，再次向墙发出一次次冲锋。

但是风停了。只有一种细细的抽泣声回荡在楼道里，这抽泣是如此轻微又如此伤感，以至于艾米紧张得只听到自己的喘息声。

这不是风声。她之前也听到过这声音，当时她还以为这种闷闷的声响是来自沼泽那边的风声呢。不过她现在已经确定这声音也不是猫头鹰发出的，这是其他人的哭声。

她看了看茹比——不是，茹比现在睡得很熟。而萝丝小姐、迪尔洛夫小姐都和较小的孩子睡在隔壁的屋子里，如果是那些孩子哭的话，她们一定会起来看看是怎么回事的。但是她没有听到脚步声，也没有听到任何人讲话。这哭声是那么凄惨，那么虚弱，好像发出这种哭声的人根本就不想让别人知道一样。他们那样哭只是因为他们自己控制不住而已。

艾米不禁打了个冷战。如果只有她一个人听到这声音怎么办，难道是鬼魂在黑夜中哭泣吗？这座屋子那么古老，那么多的历史，所以如果有鬼魂出没的话也不足为奇。她若有所思地皱了皱鼻子。如果密赛尔斯威特庄园流传着鬼故事的话，那个骄傲自大的杰克一定会告诉她、乔伊和亚瑟的。如果能把他们吓坏，杰克一定会这样做的。事实上，艾米一直奇怪，为什么杰克没有编个鬼故事来吓他们呢？如果他披着个被单来吓他们，他们一定会抓狂的。但是在这样的黑夜里，不相信有鬼魂是很难的。

那微弱的哭声再次传到屋子里，艾米从床上下来了。她不知道自己是要去看看到底怎么回事，还是想告诉什么人去把门关上。这哭声实在是让人太难受了。

这个庄园的大部分屋子都有电灯，但是因为有那么多的窗户，所以人们无法把所有的窗户都遮蔽好。因为怕孩子晚上摸黑去过道末端的厕所，所以孩子们得到了烛台。艾米用小夜灯的火苗把自己的蜡烛点亮，然后走进了过道，最后又轻轻地把门关上了。这个过道比自己的屋子还黑，黑暗好像直接笼罩住了那只蜡烛，好像想把它吞噬掉一样。那巨大的灰色的鬼怪似的阴影，随着艾米走向那哭声也开始显现在墙上。尽管艾米知道那影子是自己的，但这还是不能让她安心。如果蜡烛熄灭了，那个黑影会不会扑向自己呢？

艾米知道这样的想法很愚蠢，可她还是禁不住那样想。尽管很疼，艾米还是用手紧紧地护着蜡烛。她呼吸急促地在这个楼道中走着，并试图弄明白那哭声到底是从哪儿传出来的。

她一直走到第一天晚上杰克藏身的小楼梯那儿——那仅仅是三天前的事吗？那声音又好像在什么地方响起了，也可能就是风发出的声音……艾米犹豫地站在楼梯下面，是否该上去呢？风又小了很多，夜也安静极了，难道那声音是自己幻想出来的？

一阵风突然把蜡烛的火苗吹向了另一边，那些影子像群魔乱舞一样跳跃在楼梯两侧。可能那哭声之所以停止就是因为那鬼魂已经站到了她后面。它想诱惑她进入……

艾米紧紧地闭着眼，希望萝丝小姐甚至是迪尔洛夫小姐出现。但是除了楼板轻微的吱呀声和自己的紧张不安，什么东西都没有了。夜是那样的宁静，可能根本就没有人哭。

1910年1月26日

我相信那就是奇迹。

那只知更鸟告诉了我那把钥匙的藏身之地，那是一个洞——不知道是什么力量使那只知更鸟在那个地点、那个时间跑到了那儿去找虫子吃。我可能不会捡起那把钥匙——因为它看起来是那么破，而且还满是泥土和锈迹。但是我不得不那么做，因为我知道这是那个已经被封闭了10年的园子的钥匙。我仍然找不到那扇门，但是我口袋里的这把钥匙告诉我，我终有一天会找到的。

就是在那天我用玛莎妈妈送我的那个跳绳玩的时候——我从前从来没有看到过跳绳，是玛莎教会了我。她能跳到100，可是我跳到30就累得不行了，但是我会跳更多的——我一边跳着一边接近了那个被锁的园子，这个时候那只知更鸟来了。

它站在墙上，唱歌给我听。当我抬头看它的时候，奇迹出现了，因为一阵风吹过那片常春藤，也就是在那一刻，我正好看到了那个铁质的棕色的门把手。那扇门和其他的门没什么两样，都是绿色的，但是因为那扇门又破又旧而且还被常春藤所覆盖，所以我竟然不知道它就在那里。那片常春藤像厚帘子一样覆盖在上面，于是我就从下面钻了进去，并用钥匙打开了门。我终于拥有了自己的园子了！

这个园子是那么静，一点儿声音也没有。是啊，这个园子里面除了那些鸟儿，已经有10多年没人在里面说过话了。所有的东西都被玫瑰花的枝蔓所覆盖，它们爬啊爬啊，终于爬过了树、长椅、雕像，它们甚至还在一些地方把草都盖住了。尽管它们长得到处都是，但是我认为它们都死了——它们看起来已经枯萎了，而且已经变成灰色的了。我多么希望它们没有死掉啊，我多么想看看10年前这个园子是什么样子的，那时候这些玫瑰一定是怒放着的啊。当然那时候也不会像现在一样，所有的东西都被玫瑰所覆盖，这个地方也不会这么安静，这么神秘，而且最重要的是，这个园子现在是我的。我可以自己在这儿玩，没有人会看着我，嘲笑我。我拔除了那些野草好让玫瑰花生长。我不知道该怎么样才能帮到这些玫瑰花，我也不知道怎样才能让它们成长。

我曾经问过花匠一些关于玫瑰花的知识，但是他对我又是吹胡子又是瞪眼睛——他是我见过的脾气最坏的一个人。他比我还要乖戾。管家说我脾气很臭，我听见她说过，而且玛莎也总是说我脾气很怪。但是在我的神秘花园，没人会在意这些的。

而且我有钥匙——唯一的一把！我把它藏在我放日记本的地方，这样就没人能够看到了。

艾米紧紧地拿着那个日记本，呼吸急促，心脏狂跳不止。玛丽有一个属于自己的地方——一个秘密，就像露西一直是艾米的秘密一样。而现在这些日记在艾米的抽屉里，在她旁边的桌子里。那么那把钥匙可能……

她在床上坐起来，那本日记差点从她的膝盖上滑下去，然后艾米很快地看了茹比一眼。她把她吵醒了吗？但是茹比在被子下面一动不动，这毫不奇怪，因为茹比一直是这样的。艾米不知道现在几点了，但是她知道天色还早。当她睡醒的时候她都不敢睁开眼睛，因为她怕看到鬼影幢幢的黑夜。透过那厚厚的窗帘，清晨的微光还是宣告着黎明已经到来了。

天越来越亮，艾米已经清楚地看到抽屉里的日记本下面根本就没有钥匙。玛丽说的一定就是这地方吗？这是很久以前的事了，艾米一边想一边失望地关上了抽屉。差不多30年了，谁知道那把钥匙跑哪儿去了——那可是一把通向那个花园门的钥匙啊。

艾米的心又狂跳了起来。那个花园仍然是个秘密吗？她知道那个花园在什么地方。玛丽在日记里面写着那个花园在果园那边，她是可以去那边看一看的。

可能乔伊和亚瑟早就知道了，艾米突然失望地想。毕竟他们爬过树，可能他们在树上已经看到过那个花园了。

她试着回忆路边那些被常春藤覆盖的墙。她看到过门吗？她曾经进过菜园，而且她在那儿还看到了索尔比先生。她确信3个园子她都走过，但是她一直远离那片果园，因为亚瑟和乔伊总是在那儿。

她今天要去看一看。甚至是现在，尽管还没吃早饭，但是没人说过他们不能大早晨的出去啊。艾米说服了自己，然后她就溜下床，轻轻地穿上了衣服。

她光着脚轻轻地走到楼道，就像她昨天晚上那样。现在没有风，风暴也早已经消失不见，她还可以看到淡白色的天空渐渐变成了蓝色。

艾米皱着眉向上看了看那段小楼梯。可能烟囱建在了那里，昨晚的风就是从那儿下来的吧。白天的时候，那种细微的声音是根本听不到的。艾米摇摇头，忘掉了昨晚那哭声，然后她从旁边的楼梯上悄悄地走了下来。钥匙插在门上，那重重的黑色金属钥匙让艾米想起了玛丽那把可以通向神秘花园的钥匙。艾米急切地转动钥匙，把门推开，迅速地穿上鞋子，快步地跑上了石子路，她已经忘记了是否应该悄悄行动了。她挤过那个灌木门，然后全力地穿过那些树木，因为这是通往那个神秘花园最近的路了。这就是玛丽曾经描述过的那个门，艾米非常确定这一点。这就是玛丽跳绳的地方，这就是风吹起常春藤的地方，也正是在这里玛丽发现了那个神秘花园。

当艾米到了那条小径的时候，她停下了。这个神秘花园是不容亵渎的——她不能像个冒失鬼似的来到这个神秘的地方。她需要小心地，要不然它像童话中的什么东西一样突然消失了怎么办？

她终于走到了这面墙的尽头，这就是玛丽在日记里面写的地方——常春藤最密、长得最旺盛的地方。艾米偷偷地看了看周围，四周都静极了，她可能是唯一一个睡醒的人。这里的常春藤像厚厚的帘子一样垂了下来，这就是玛丽描述的那个地方。当艾米踏上长满木瘤的丁香花后面的那个花坛的时候，她觉得自己的心脏都快跳出来了。她摸索着常春藤下面的那个门把手。那些常春藤在她手下沙沙作响，而且那些花的味道也很怪，但是艾米根本不关心这些，因为她的手指摸到了那个像丝绸一样光滑的铜把手。

艾米摩挲着那光滑的铜把手，这个门还能被打开吗？没钥匙的话，她能进去吗？她犹豫着，因为怕被关在门外，所以她迟迟没有动手。

最后，她怀着恐惧的心情，猛吸一口气转动了门把手。这门吱呀了一声，然后向里打开了。艾米低头穿过了常春藤，踏进了这个神秘花园。

突然间，艾米被鸟叫声和清晨湿漉漉的青草气息紧紧地包裹住了。

玛丽曾经描述的那个荒凉并带有冬天般灰色的神秘花园，深深地扎根在她心里，所以当她看到明媚的、连空气中都充满玫瑰花香的花园的时候，她愣住了。这个神秘花园竟然是这样的……这里的树木争相吐绿，枝条犹如倒挂的帘子一般，而且艾米周围全是鲜花。

艾米关上了那扇绿色的门，然后靠在上面贪婪地看着这一切。这个花园和那个菜园差不多大小，可能在被建成玫瑰园之前，它和那个园子一样都是菜园。除了那些整齐的花坛，满园的莴苣，院墙周围还种满了树，树上挂满了苹果、桃子、李子，这样艾米就知道这些是什么树了。这些树中间还有一块草坪，但这块草坪不像梯田一般延伸到池塘边的那块一样，这块草坪里的草被一些常绿灌木切割成这里一块那里一块的，而这些常绿灌木有的像石凳，有的像雕像，有的像给花喷水的喷壶。

艾米惊奇地不知南北西东地到处闲逛，她还经常伸出手摸摸那些玫瑰花。当那些花瓣落在自己脸上、肩膀上的时候，艾米呵呵地笑了起来。夏天很长，很热，很多玫瑰花已经过了它们的花季，只剩下那些奇怪的花还在这一簇那一簇地开着，尽管这样，艾米相信再也没有其他什么地方的花能比这儿多了。她好像已经被花包裹住了。玫瑰当头开放，花坛中还有数不清的百合花，花香是那样浓烈，好

像空气中都是花香了。

早晨的阳光越来越亮，并透过艾米那窄小的羊毛衫温暖着她。艾米笑了，然后她开始像陀螺一样抬起头闭着眼转了起来，这样在她的眼睑下她就只能看到那橘黄色的日冕了。空气中的花香也随着艾米一起转了起来，她转啊转啊，直到自己摇摇晃晃，头晕目眩，但她还是咯咯地笑个不停。然后她慢了下来，晃晃荡荡地一边走，一边听着蜜蜂的嗡嗡声，听着藏身在草丛中小鸟的鸣叫。

当艾米头晕目眩地靠着一棵枯树时，她想，现在，这个花园不再是秘密了。这棵树已经没有叶子了，但是攀缘而上的玫瑰使这棵树更加焕发了生机。玛丽描述的花园是一个废弃的花园，而现在这些草已经被修理过了。尽管那些玫瑰花恣意地生长着，但是那些树木旁的和雕塑旁的玫瑰花很明显也被修理过了。尽管那扇门被掩盖住了，但是没有被上锁。

“她让其他人进来了。”艾米懊恼地想。玛丽是这么想拥有这个秘密，她应该不让其他人进来才对啊。

但是艾米决定自己是可以再来的。现在这个花园在清晨的时候只是她自己的。可能其他的时候也可以。如果其他人来了，这个地方也不像没地方藏的。艾米一边摸着一朵深紫色的玫瑰花的花瓣，一边自顾自地笑了。那些花瓣是那样的紧凑，连艾米的小手指都不能插进去。

这不再是一个秘密花园了——但是这仍然可以是一个充满秘密的花园。

在接下来的几天，只要有可能，艾米都会去那个花园。她一边漫步，一边欣赏着那些雕像，那些花。有时候，她还会把玫瑰花上的那些死花揪掉，倒不是因为觉得应该这样做，她只是不喜欢看那些已经褪色的花，况且那些花的香气已经很淡了。她把那些死掉的花堆在了一座雕像的角落里，这样她就看不到它们了。

那只知更鸟总是站在她头顶的树上，一边鸣叫一边看着她。她想那只鸟儿是同意她这样做的。“你也想让我在这里待着，是吗？”她曾经一边对着鸟儿那样说，一边拿着一个装满玫瑰花的篮子快步走过。她还拿来了一把修剪花的剪刀，那是从学校里面找到的。这把剪子可以轻松地将花朵剪下，没人会在意那些已经凋谢了的花朵。那些真正用来修剪花朵的工具都锁在了小屋里面。

那只知更鸟越来越靠近艾米，有一次，它甚至站在了篮子上。艾米确信那只知更鸟的窝一定在这片花园里。花园里面有一个吹笛子的小孩雕像，它被那些灌木所掩盖，那些灌木叶子因为秋天的到来而变成了橘黄或金黄。如果是春天，那些灌木一定是搭窝的好地方。

每一次，艾米都急匆匆地从花园里赶回来吃早饭，头上还顶着花瓣，因为她忘却了时间。从那时起，艾米变得能够忍受亚瑟的鬼脸、茹比因为纽扣的问题而哭哭啼啼地求助了。在做这些事情的时候，她的脑海里完全都是那个神秘花园，想象着自己徜徉在百合花和玫瑰花之间，想象着自己在被太阳晒暖的凳子上舒展筋骨。等艾米给茹比扣好了扣子，她就会在茹比周围转圈，或者紧紧地抱着她，而这些都让茹比惊讶不已。

很多时候，艾米仅仅是蜷缩在那棵死树之下。有时她会靠在树干上，贪婪地望着四周，想象着玛丽所描述的那个神秘花园，那个花园在冬天是多么黑暗而荒凉啊。玛丽和其他人在这个花园里待了多长时间呢？没人说过。她也欣赏过这里的冬天吗？艾米仍然在读那些日记，但是因为频繁地跑到这个花园来使她累得不行，所以总是没看几行她就睡着了。

徜徉在令人着迷的花海里总是让艾米想探究一下那些花到底是什么，要是有人能告诉她就好了。

玛丽在日记里面提到了几种花的名字，还提到了她和住在沼泽那边的迪肯都种过什么。可是艾米对这些东西一无所知。她本来想去问问那个装有假腿的园丁，但是当她看到那个园丁的时候，她也没采取什么行动。她要怎么向他解释她想知道的那些东西呢，为什么想知道呢？如果他知道了她在做什么，怎么办？如果他告诉她那个花园是不允许外人进入的，怎么办？如果她被告知不许进入，怎么办？她仍然会来的，但是那样就有点尴尬了。而且，当艾米想到她看那个园丁的脸时，她的胃就难受得不行。她不知道怎样解释自己并无意做什么鬼脸。或者她还可以说自己只是无意抽搐了一下。她不知道怎样合适地表达自己的想法。

这个花园好像是她自己的一样，她会将每一片落叶捡起来。每当想起某天早晨当自己进入这个神秘花园的时候，却发现早有人在那里时，就让她难受不已。在最初的那几个早晨，她会恐惧地看着门

口，因为她想知道是否有声音，或者是否某个园丁在花园里面吹口哨。但是好像并没有人知道这个花园，尽管她有时会发现那些凋零的花朵已经被人收拾了，那些头重脚轻的百合花已经被人仔细地固定好了，那些从苹果树上掉落的树叶也被人清理干净了。这个花园被照顾得很周到，但是艾米没有发现有人来过。除了偷偷摸摸的艾米以外，一个人都没有。

直到那个金黄色的下午，当艾米上完课之后逛到花园的时候，她看到克雷文夫人拿着一封信沿着砖墙走在小径上。

艾米知道她要去哪儿了——她知道，但是她还是要看着，艾米咬着嘴唇，希望那件事情千万不要发生。但是那件事确实发生了。几乎都没有看，克雷文夫人随手拂开了那些常春藤，然后穿过那扇绿门进去了。她并没有关上门，好像根本不在意这是不是神秘花园。艾米站在丁香花树旁，她看着，等着，她的双拳紧握，并像愤怒的小猫一样露出了锋利的牙齿。她愤怒地在那儿站了半个小时。当她听到花园里的脚步声，她赶快躲在了那棵丁香树后。在克雷文夫人带着花香经过的时候，她抑制着自己尽可能不要暴怒不已，而且那花香特别让她想打喷嚏。

克雷文夫人刚刚消失在小径的拐角处，艾米就偷偷地跑进了那个花园。她本来以为会看到那个花园会有什么不同，她以为会看到花园惨遭蹂躏的模样。然而那些玫瑰和之前一样怒放着。

艾米在一小片粉色玫瑰后面的草坪上躺了下来。刚才克雷文夫人就坐在那边的长椅上，而且大部分时间都是闭着眼睛的，艾米刚才都看到了。她没有摘花，甚至都没有转上一圈。不过这个神秘花园好像变得有点不同了，它好像从睡梦中醒来了一样，或者是艾米从梦中醒来了。密赛尔斯威特庄园是克雷文夫人的家，是她丈夫的家，杰克的家。这里所有的一切都不是艾米的。从来也不是。

“我不应该假装这是我的花园……”艾米一边将脸贴近了自己的臂弯处，一边轻声说。在她的小脑瓜里，她曾经想着将自己不喜欢的那尊雕像搬走，她还想在那边的白百合里穿插种上些紫色的雏菊，然后再用自己看到的玫瑰和金银花编织一个凉亭，她还想让门口那光秃秃的墙爬满绿色植物。

她曾经还想蜷曲在一把椅子上，一把和那座屋子阳台上的那些椅子一样的，但她的椅子是柳条编的而那些椅子只是铺着坐垫而已。她还幻想着他们的头顶上会开着些金黄色并伴有香气的花，而蜜蜂则穿插其间，露西躺在自己的腿上，并伸着懒腰。她和露西一样安安全全地心满意足地待在这个美妙的神秘花园。

而现在所有的一切都变成泡影了。露西永远不会看到这个花园。正如杰克说的，露西可能已经被消灭掉了。她甚至可怜露西连待在那生锈的旧防火门旁都做不到了，更不用说来到开着鲜花的花园了。这只是一个愚蠢的、空幻的白日梦罢了。艾米伤心地哭了起来，她已经忘记了什么安静啦、保守秘密啦，反正现在也无所谓了。这个花园已经不再属于她了，秘密已经不再是秘密了。

她哭得很伤心，泪水顺着她的面颊滴到了草丛上。

“小姑娘，小姑娘，看着我。”

突然有个人抓住了艾米的胳膊，艾米眨眨眼，喘着粗气，她根本就没有听到有人来了。

“怎么了？”

是那个园丁，索尔比先生。他正用自己那半边没有伤疤的脸低头看着她。

艾米想大声地叫，然后落荒而逃。但是她不能那样做，因为如果那样做了，好像自己害怕这个园丁一样，她才不怕呢，她只是特别想让所有人都别理她，让她自己静一会儿。她推开他，然后脸贴着膝盖缩成了一团。

“有人欺负你了？”

艾米一边努力地缩成一团，一边努力地摇了摇头。“走开，”她哭着说，“让我自己待一会儿。”

他顿时安静了下来，这么安静以至于艾米认为他已经走了呢。但是当她抬起头的时候，他正很不舒服地坐在玫瑰花架下一个白色的长凳上呢。他正在抚摸自己的腿，好像很疼的样子。

“那个不是条假腿吗？”艾米哆嗦着问，“它是不会疼的。你摸它，它也没什么感觉。”

“你和这条腿说说吧，”他低声地说，“现在你能告诉我，你怎么了吗？”然后他目光敏锐了起来，他停止了摸腿，并换了个舒服的姿势，“是你吗？一直在摘那些凋零的花朵？”

艾米再次低下头：“我做错了吗？它们已经枯萎了，我想让它们给别的花腾地方，那些小的才刚刚开放呢。”

他咯咯地笑了起来，这声音真奇怪，艾米抬头，瞪着他。她注意到他有一双蔚蓝的眼睛，那双眼睛就像天空的颜色一样，深红色的头发在帽子下面蜷曲着。

“你一直做得不错，小姑娘。别担心。”

“我不知道应该把它们放在什么地方，”艾米承认道，“我把它们放在那边雕像的后面了。那个带着傻乎乎微笑的雕像。”然后她叹了口气，擦了擦自己发酸的眼睛。现在连这个秘密也没有了。

他点点头，然后往后靠了靠。他掏出了一块木头，然后从口袋里面拿出了一把刀子。他打开那把刀子，然后开始雕刻那块木头。他并没有和艾米说话，但是他肯定能感觉到艾米朝着他这边动了动。

“你雕什么呢？”她最后问。她不是很确定，因为那个东西很小。

他打开手，然后让艾米看了看，艾米笑了。那只知更鸟正歪着头看她，而且它还在晃动自己的尾

巴呢。

“这是一只知更鸟，那只生活在花园里的，对吧？”她伸出一个手指想捅捅它，然后抬起头祈求地看着他，“如果我告诉你它长得什么样子，你能雕一只猫吗？我可以在这个花园里面多多地干活。无论你让我干什么都行。你只要告诉我就行，我一定会做的。”

“一只猫，是吗？”

“只是一只小猫。我认为它根本找不到食物，所以也长不大。”

“那就是像你一样喽。”

艾米叹口气，“我现在胖多了。我曾经会把我的食物分一半给露西，那是我那只猫的名字。我不介意的。”她的声音颤抖着，“它会喜欢这里的。他们一直给我们牛奶，我可以偷偷地给它一点儿。还有粥，这里的粥比我们那里的好多了。”

“那就是一只真的小猫了？”他皱了皱眉，然

后艾米点点头。她以为他生气了。

“我本来不打算离开它的！我都已经把它装进篮子了，我想把它带来的，而且可以远离那些炸弹，但是迪尔洛夫小姐说露西特恶心。露西根本就不恶心，它可爱极了。而且它是我的。”

突然，他不再看她，艾米摇摇晃晃地抓着椅子站了起来，她想离开了。但是他抓住她的手：“待着，告诉我那只小猫是什么样子的。”

他的声音那样温柔，那样具有诱惑性，以至于艾米停了下来，但她还是像一只小兽一样准备着随时逃跑。他的手因为长年累月在园子里面劳作而显得很粗糙，不过他并没有紧紧地抓着她。她本可以轻松逃离的，但是她没有。她就像那只站在他肩膀上的知更鸟一样，留了下来。

“你说说那只小猫……”他拍了拍椅子，艾米坐在了一边，然后又蜷起了双腿。

“它是黑色的，”艾米开始说，然后她闭上了眼睛，试图在脑海里描绘出露西的样子。但是它的形象越来越模糊。“全身都是黑色的，特别瘦。乔伊和亚瑟常常说它瘦得皮包骨。”她忧愁地说，然后又皱了皱鼻子。艾米叹了口气，然后她的脸也变得舒展开来，“甚至它的胡子都是黑色的。只有它的眼睛颜色不一样，那是黄绿色的。像宝石一样闪着光。当防火门那儿很暗的时候，它的瞳孔还会变大。”

“你就是在那里发现它的吗？”

“那是我的地方，”艾米解释说，“除了我以外，那儿根本就没有人。”艾米抖了一下，然后睁开眼看了看他，“现在孤儿院一个人都没有了，全空了。我还不知道什么时候回去呢。”

“你想它吗？”

艾米摇摇头，“不。我，我喜欢这儿……”她说得很慢，好像她根本不明白自己真实想法似的，“我特别喜欢这个花园，”她又说，“我以为没人知道这个花园的。”

她正看着这片花园，根本就没有注意到他抬起了头，而且眼睛还睁得大大的。

“一个秘密花园？”他的声音好像飘向了远方，他抬头看了看那些玫瑰，然后看了看那些被修剪过的草坪，好像他看着一些不同的东西似的。

“从来没有人来过。就像那个防火门，而这个花园则好多了，好太多了。”艾米叹息着说，“除了露西没在这里。我现在都不知道它在哪里。”她蜷缩起来，手放在膝盖上，“你知道那个住在这里的小男孩杰克吗？”

他点点头。

“他说伦敦里面的猫都被消灭了。因为他们没有足够的食物。”她的声音颤抖了起来，“露西吃的东西并不多。我给它一点儿，我认为厨房的伊万斯女士也会给它一点儿。大多数时候，她都会从箱子里面拿出点什么来。”艾米犹豫着，她不想再问了，因为她怕听到一个可怕的消息。但是她记起来那只知更鸟如何落在他的肩膀，还那么信任他，这个人是了解动物的，她想。“你认为它还会在那儿吗？如果其他人……”她不敢再说了。

“猫是聪明的动物，”他低声说，“它们都喜欢自己的家。它知道应该藏在什么地方的，不是吗？”

艾米点点头，她这时才想起露西总是神不知鬼不觉地直接出现在防火门那儿：“但是没人喂它啊。”

“它会熬过去的。这就是你哭的原因吗？你在担心那只小猫？”

“我在这儿能清楚地记得它，我还想为它弄一个房子……”她怀疑地看了看他，因为她怕他笑话她。但是他正在看着她，而且表情很严肃，还若有所思的样子。

“这让我想起了另外一个小女孩儿。”他一边说，一边伸了伸腿，好像很疼的样子。

艾米好奇地看着他，想问问他是什么意思。尽管他两只眼睛瞪得大大地看着这个花园，但是她认为他其实想的是另外一件事情。好像他已经忘记了她还在这里。艾米静静地看着他，他的嘴在会心的微笑中抽动了一下。

最后他叹了一口气，然后低头看了看艾米，并拍打拍打自己的腿。“我要走了，我只是听到你的哭声才进来的。要有信心，小姑娘。当你回去的时候，你就会知道那只小猫一直在等着你呢。”他站了起来，一瘸一拐地去推自己留在小路上的那辆手推车，艾米看着他走了。他今天没有拄拐杖，他的腿一定好多了吧。

这时后面传来窸窸窣窣的动静，艾米猛地一个转身。是那只知更鸟吗？她看了看那片灌木丛，希望看到掩映在树叶间那双闪闪发亮的黑眼睛。但是她却看到了一个满脸内疚的半蹲在那棵死树后面的小男孩。

“是你！”艾米蹦了起来，“你干什么呢？你在偷听我们说话吗？你是不是在监视我？”

当艾米刚看到杰克的那一刻，他还是满脸内疚的，但是现在他挺直了腰杆，旁若无人地从那棵死树后面踱了出来：“我没有监视你，这是我的花园。这是我的家。我想去哪里就去哪里。”

“我恨你。”艾米咆哮道。她紧紧地握着拳头。如果她能像自己一直期盼的那样狠狠地抓他一把就好了，但是那样的话，她就会陷入麻烦中……“这不是你的花园。”

“这里的一切都是我的。”他像主人一样向着那些树、花指了指，“所有这一切都是我的。你不能再来这儿玩了。”

“这不是你的，”艾米鼓着勇气又说了一遍，“索尔比先生说我可以来这儿的。不信你问他。”

“他只是个仆人，”杰克不屑地说，“这还轮不到他来发号施令呢。”

“我才不相信你说的话。”艾米摇摇头，杰克的妈妈才不会像杰克那样说那个园丁呢。“不管怎么说，你在这干什么呢？”艾米问道，而这次的口气则显得勇敢得多了，“你为什么躲在树后面？”

“我才没躲呢，你只是没看到我罢了。”但是杰克的脸却红了，所以艾米知道他在说谎。她猜杰克躲在树后面只是不想见乔伊和亚瑟罢了。他们都比他大，而且杰克在班里并不受欢迎，因为当乔伊和亚瑟在班上回答问题出错的时候，他总是嘲笑他们。

杰克看到艾米脸上那种嘲笑的表情，那种羞愧的红色慢慢地被愤怒的白色所取代：“出去！你们都出去！我不想见到你们！这是我家！”杰克大叫道。然后杰克跳过来，把艾米搡到了一边，并跑出了那扇绿门，冲到了路上。

艾米带着一股奇怪的内疚看着他跑了。杰克

其实一直在盯着艾米，他想告诉艾米她不能来这个花园。但是他对她大嚷大叫，还把她推进了玫瑰花圃。她腿上有大片的伤可以证明这一点。所以为什么她希望自己要乖一点儿呢？

1910年2月3日

我把自己的秘密说出去了。我从来没想到我会说出去，但是玛莎的哥哥迪肯简直就是沼泽上的一个小野兽，而不像个小男孩。他答应不会说出去的，我相信他。他从来不把自己在沼泽上发现的鸟巢和兔子洞告诉其他的孩子。因为如果他告诉他们的话，他们可能会把鸟蛋都掏出来的。所以我相信他。

我穿过月桂树那边的那个门，然后进了丛林。我听到了鸟叫声，我还以为是什么鸟儿在叫呢，结果是一个吹木笛的小男孩。他让我想起了印度那些耍蛇人，但是他耍的不是蛇，而是两只兔子，还有一只野鸡，和头顶树上的那只红色小松鼠。他们挨得那么近，而且有只兔子就卧在他脚边。

他用我叔叔给我的钱买来了玛莎让他买的种子和一些园林工具。他告诉我应该怎样种它们，然后他又说直接演示给我看更好一些，并问我花园在哪里。我不知道说什么。但是我喜欢他，因为他的笑很迷人。可能他的笛子表演也让我神魂颠倒了。我把他领进了花园。我想让别人告诉我那些玫瑰花是否还活着。它们确实还活着。一些已经彻底死掉了，但是大部分都还活着。我们要让这个花园彻底恢复生机——这需要把所有的杂草都除掉，然后还要把那些死了的弄掉。迪肯说到夏天的时候，这里就会是花的海洋。我都快等不及了。

1910年2月4日

昨天是最奇怪的一天了。我在密赛尔斯威特庄园已经好几个星期了，但是除了玛莎、迈德洛克女士和园丁本·威瑟斯塔福，我从来没见过其他人。然后突然有一天我遇见了迪肯，也是在同一天的晚上，我被叫去见我叔叔，而且我还发现了到底是谁在哭泣。

这里住着一个男孩，但是从来没人告诉过我，他们一直把这件事情视为一个秘密，因为他让他们别无选择。他不想让任何人去看他，或者是知道他的存在。他曾经生过很重的病，他说他可能还没长大就会死掉。他的脸肯定很苍白，而且看起来肯定是病恹恹的。原来玛莎一直都知道他，却从没告诉过我！难怪我说我听到有小孩在哭，她表现得那么惊慌呢。她试图说服我是厨娘因为牙疼才哭的，但是我知道她在说谎。不过我并不生玛莎的气。所有的仆人都认为如果他们谈及那个小孩的话，他们就会被开除的。

那天下午我回到科林的屋子，他让玛莎带我去

的。我们聊啊聊啊一直聊到了迪肯。在我们正聊得起劲的时候，迈德洛克女士和医生进来了。他们很奇怪我笑得那么大声。那个医生像雕塑一样站着，差点把迈德洛克女士绊倒。我怕迈德洛克女士会生我的气，就像我离科林的房子很近的那次一样。我现在知道她当时为什么要拽走我了。但是科林告诉他们我是他表亲，而且他喜欢我。他喜欢我！他的脾气那么臭而且还有病，不过我认为我的脾气也很臭。

玛莎，本·威瑟斯塔福，迪肯，科林和那只知更鸟，现在我有5个朋友了。

“艾米，艾米。”茹比在叫。

艾米转个身，半睡半醒地嘟囔着，然后又打了个寒战。她在自己的睡衣上加了两个连衫裤套装，还穿了一双特大的毛料的袜子，但是她仍然很冷。前天晚上冷得她都看不了玛丽的日记了，因为她还没翻几页，手指头就冻僵了。

“怎么了？”她一边问茹比，一边从自己的毯子下没好气地看着她。在过去的几天里，艾米只有在睡着的时候觉得是暖和的。

“我冷，”茹比乞求地说，“我能和你睡吗？”

艾米看了她一会儿。在烛光的照耀下茹比都冷得龇牙咧嘴了，而且还全身打战，“你怎么不用毯子围住你呢？别那样站着了，地板冷得很。去拿你的毯子，快点，快钻进来吧。”

茹比听话地拽上被子，就跑上了艾米的床。她简直和球一样，因为她至少捂了三层毯子。她紧紧地贴着艾米，艾米把多余的被子像小帐篷一样搭在她们两人的身上。她都快呼吸不了了，但是这也比冻着强。

艾米想，现在窗户里面都应该结上冰花了吧。窗外的积雪已经封住了窗棂，所以从里面根本看不到外面。现在的花园已经变成了块块突起的奇异雪景，只有几个园丁因为抄近路留下来的小路而已。

刚开始，艾米认为约克郡的冬天也是这样子的，但是索尔比小姐肯定地说并不是这样的。沼泽上有五尺厚的雪，大部分庄园工人都已经搬了进来。大家都待在一起会暖和得多。

“再和我说说那些鱼吧。”茹比一边依偎着艾米，一边小声说。

因为茹比那冰冷的鼻子贴在了艾米的脸颊上，所以艾米禁不住打了个寒战：“还说啊？”

“求求你了，艾米……”

艾米打了个哈欠，然后抱住了茹比，这个小家伙热得像个小水壶。

当他们出去的时候，茹比和那些小不点都要和萝丝小姐待在离房子近的地方，但是5岁的孩子已经不那么听话了。茹比喜欢那个池塘，而且她会好几个小时都盯着那些鱼看，甚至她已经被告诫过好多次不许在水边玩了，萝丝小姐怕她掉进水里。

在他们刚到密赛尔斯威特庄园几周后，艾米去看鱼的时候就发现茹比也在那儿了。她在水边弯着腰，正看着水里的鱼呢。她旁边的石板上还放着些面包屑。

艾米本来想过去告诉茹比让她回去呢，但是艾米突然意识到如果她突然跑到茹比的后面会吓她一跳的，而且她还可能掉进水里，最后艾米还可能被责骂一顿。

所以艾米在她旁边坐了下来，然后拿了些茹比的面包屑扔进了水里。一条橘黄色的鱼冲上来抢吃那些面包屑，茹比这时才注意到了艾米。

“你不应该来这里的。”艾米说。

“我喜欢喂鱼，它们真好玩。”

“萝丝小姐可能正找你呢。”

茹比耸耸肩，并把嘴噘得老高，“我又不是个小孩子，”她嘟囔着，“那个园丁山姆看到我喂鱼，还说我省了他的事了呢。有些特殊的鱼食，他还说要告诉我在哪儿呢，如果我答应小心的话。他真的很忙，而且我还能帮上点忙。”茹比嘟囔着，艾米快速地点了点头。

“好吧！”茹比可能真的在帮忙，他们现在不都在帮忙吗：亚瑟和乔伊在果园里面摘果子，艾米帮着索尔比先生照顾那个神秘花园——而且他已经对她发出请求了，他甚至还找来一双很旧的威灵顿鞋，艾米穿着正好，这样艾米在干活的时候就不会弄脏自己的凉鞋了，萝丝小姐和迪尔洛夫小姐轮流帮忙做饭。为了省事儿，艾米想，不久他们可能就在议事厅吃饭了。已经有四个园丁去参军了，而且几个女士也走了。甚至那些小孩子也要帮着打扫屋子，克雷文夫人正想着再关几间屋子呢，然后用防尘布把所有的东西都罩起来，直到……没人知道到底直到什么时候。

“求求你了，艾米。告诉我，那些鱼正在干什么呢？”茹比一边把湿热的潮气呼到艾米的耳朵旁，一边小声说。

艾米突然从自己模糊的半睡半醒中惊醒过来，她都快睡着了。但是当她再次意识到这天气真冷的时候，她又不禁叹息了起来。

“好吧。”艾米打了个哈欠，并努力回忆着一周之前曾经安慰茹比的那个故事。一周前茹比跑到了那个池塘边，看着那个池塘结了厚厚的一层冰，她用脚试了试，冰一点儿事都没有，所以茹比想那些鱼肯定冻死了。茹比脸上惊慌的表情让艾米想起了露西，痛苦的回忆一下就涌了上来。“鱼儿都在池塘下面睡觉呢，”艾米小声说，她觉得茹比又往自己这边靠了靠，“那里面又黑又冷，但是鱼儿一点儿都不在意。它们睡觉了，而且还做着阳光的梦。有时候它们还会动动自己的鳍，因为这样它们就不会冷了。”

“再讲讲那个金色的亮光吧。”茹比小声说。

艾米笑了笑，非常高兴茹比还记得那个故事，

“即使冰下面很黑，那些鱼儿也能看到彼此身上那些金色鳞片的光亮，那些鳞片提醒着它们阳光会回来的，而且春天来临的时候，冰都会融化的。”

她打了个哈欠说：“明天我们把池塘上面的雪都扫掉，然后把那个旧足球从冰里取出来，那样空气就会进到水里去了。这样池塘下面的鱼儿就会闻到，说闻起来像雪一样。然后它们就会再摇摇尾巴，睡大觉去了。”

一想到那些鱼儿会发出那些奇怪的声音，茹比就咯咯地笑了起来。

“好了，睡觉吧，”艾米含混地说，“太晚了。”

第6章

克雷文中尉回来了

“我找到它们了！我找到它们了！”艾米一边飞快地穿过花园一边兴奋地大叫。她在布满冰碴的砖道上滴溜溜滑行，直到差点撞到正在锄地的索尔比先生。

他笨拙地直起身子，一边看着艾米，一边露齿笑道：“你找到什么了？”

艾米呼呼地喘着粗气。他今天心情不错，艾米可以看出来。因为索尔比先生笑了而且也没有拄拐杖。她不再注意他的伤疤，因为这和他那笨重的靴子、棉绒背心没什么两样。但是有些天，艾米看看他的肩膀就知道，最好还是不要招惹他为好。

艾米拉着他的胳膊，乞求地说：“来看看吧，好不好？是件好事，你看到会很开心的。”

他向艾米摇了摇头："你是另一个想让我开心起来的人，你和克雷文夫人。你又有什么好点子啊？"但他还是把耙子立在了墙边，然后一瘸一拐地跟在艾米身后，而艾米还总会时不时地蹦蹦跳跳地跑回来，还一边咯咯地笑着向他打招呼。

"我找了很长时间了，"艾米解释说，"我都快怀疑你说的话了。"艾米一会儿跑到他的前面，一会儿又跑回来拉着他的手，然后催促他快点儿。艾米并没有听从杰克的命令而停止来这个神秘花园。艾米认为，花园是园丁的，并不是一个被宠坏的孩子的。而且，索尔比先生还需要她帮忙呢。现在只有他，还有从村子里面请来的几位老人来看守密赛尔斯威特庄园周围大片的园子。这些草坪还极有可能被除掉，然后被种上菜，但是艾米不知道这些人能否真把这些事情干成。

"看！"艾米领着索尔比先生穿过被雪覆盖的草地，来到玫瑰花架下面那条白色长椅边，然后弯下腰，指着刚刚破土而出的带有绿色的一簇白色剑状的东西，“快看它们！这些不正是你所说的雪莲花吗？它们和书上画的一点儿都不一样，它们是新长出来的。昨天的时候，它们还没出来呢。”

“哦，最早的一批，就是种在这里的。”索尔比先生弯下腰，用他的大手捧着那些花。艾米不禁屏住呼吸看着它们。“用不了几天它们就会长出来了。它们只是些嫩芽。因为今年的这场雪，所以它们出来得晚了。”他伸直了腰，然后看了看这片白色的花园，愉快地叹了口气。这叹气声像是憋在他胸口已经很久了。然后他摇了摇头，并拍了拍手套上的雪，“很快就是番红花，然后是报春花，随后是水仙花。那个时候，这里就是仙境了。而且水仙花会变得一望无际。”

艾米望着那些被雪覆盖的土堆，那下面盖着玫瑰花，随后叹了口气：“我看不到它们了。这些雪不会很快地消融。那可能需要好几个星期呢。你说我们在1月份才能看到雪莲花呢！”

索尔比先生哼哼了一声。“我说的并不总是对的。他们说，这是40年来最糟糕的冬天了。这些可怜的雪莲花已经很努力了，其他的花是不可能从一英尺的雪里面长出来的，不是吗？”

“应该不会。”艾米叹了口气。这场雪刚开始还是不错的——杰克拥有了一辆雪橇，他甚至还和乔伊、亚瑟暂时和好了呢，因为如果没有人在后面推，雪橇根本就滑不起来。艾米也去了几次，但是她和杰克都采取了对对方视而不见的策略，因此和他一起尖叫着滑下雪坡是不可能的。艾米还开了会儿小差。她帮助茹比和其他的小孩子用厨房里的两个旧茶盘当作雪橇滑了起来，他们滑着，叫着，还不断地绊倒彼此。

现在他们每次从外面滑雪回来，全身都是湿湿的，而且每个人都长了冻疮，手指脚趾都痒得不行，而且还热乎乎的。尽管这个房子很大，可到处都是湿羊毛味。只要是有火的地方就挂满了晾衣架，热气还没进屋子呢，就已经被这些湿衣服吸走了。现在雪已经比以前少多了——从斯维茨进来的路已经没有雪了，但是这里的园子还被雪盖着呢。甚至那只知更鸟都比平时安静得多——每次艾米见到它的时候，它都在没好气地抖动羽毛，好像寒气也侵入到它的身体里面似的。

“艾米！艾米！你在哪儿呢？快来啊，艾米！”

“亚瑟在叫呢……”艾米转身焦急地看着路边的那堵墙。这个花园已经不是秘密了，不再像以前一样是一个没人知晓的秘密了，但是那个门还是被掩盖着的。这是她的避难所，也是玛丽的避难所。她不想让亚瑟知道常春藤下面的那扇门。

“让他先过去，”索尔比先生小声说，“一会儿他就走到月桂树那了。然后你再冲出去追他。”

艾米点点头，慢慢地踏着雪走到那扇绿色大门那儿，并轻轻地靠在上面听外面的动静。然后轻轻地拉开门，溜到了外面的路上，并向园丁快速摆了摆手。索尔比先生站在那里，把手插在胳膊下面取暖，并向艾米笑了笑。然后他开始慢慢地一瘸一拐地向着大门走去。

艾米一边嘶嘶地溜着冰，一边在亚瑟身后问：“什么事啊？”

而亚瑟正站在通往丛林的那扇门边向外面望呢，好像他认为艾米已经去那边玩去了。

“我才没那么傻呢，”艾米简短地说，“那儿的雪那么厚，会把我们活埋的。”

“路上早没雪了！”亚瑟抓着她的手，“快点回去吧。克雷文先生回来休假了。应该是中尉克雷文，他应该已经到了。”

“那又怎么了？”艾米先皱了皱眉，然后好像又燃起了希望。现在黄油和糖已经成为定量分配了，所以一块平常的蛋糕都变成奢侈品了。她对克雷文中尉的举动没什么兴趣。除了她只想看看杰克的爸爸，“你的意思是有蛋糕吃了？”

“没有，别傻了。他想见你。快点。我说我会找到你的，他正等着呢。”

他拉着艾米的手，穿过了灌木丛那边的路。艾米皱着眉抗议着。

“但是为什么要见我呢？他甚至都不知道我是谁。”

“他知道，”亚瑟扭头说道，“我见到他了，我看见一辆车，然后我想知道他是谁。当时我正在大厅里看着呢。他说，你知道艾米在哪儿吗，你能帮我找到她吗？快点吧，他还知道你的名字呢。”

他们走过侧门，然后跺跺脚把靴子上的雪弄掉，最后把衣服和围巾脱了下来。

艾米一边看着自己已经冻红了的手指，一边想自己做错什么事了。我怎么不知道。到底他为什么要见我呢？在艾米的头脑里，克雷文中尉那高大的形象是从杰克顶礼膜拜中得到的——甚至杰克在班上心怀怨恨的只言片语中，艾米也能揣度一二。

索尔比小姐在楼梯上面正焦急地等着呢，看到艾米的头发都打成绺了，她不禁叹了口气，但是她并没有给艾米梳理一下。她像亚瑟一样催促艾米快点儿。这个房子里还有一部分很气派的地方，这些走廊孩子们是不可以进去的，那里的大部分窗户都挂着厚厚的窗帘。即使在战前，也没有足够的仆人来整理这么大的一个屋子。而现在，那么多的人都去参军了，所以拉拉关关窗帘的繁重任务也就没人用心照管了。即使有雪的反光，这些通道还是很暗。当艾米走过这些楼道的时候，墙上那些肖像画的脸在这黑暗中还是一明一灭的。

克雷文中尉的书房里生着火，椅子上盖着些落满尘土的天鹅绒罩布。因为在他走后，这间屋子就被封了起来，所以这间屋子现在闻起来有发霉的味道，而且在那些巨大的木质书桌上还有一层细细的尘土。壁炉前面站着一个穿着制服的略显疲惫的人，而他的制服上那些扣子还会发光呢。

艾米已经见惯了克雷文夫人因为衣食或者是因为毯子不够，或者是因为园丁那个最小的孩子可能得猩红热而发愁的样子，但是她从来没有看到过她竟然会这样笑。透过窗户的阳光好像在她背后也显得圣洁了起来，她那瘦削的、苍白的脸也像走廊里那些肖像画里的人物一样熠熠生辉了起来，这是心理作用啊。

艾米尴尬地向他们点头行礼，她感觉自己好像破坏了这里的氛围。

“艾米？”克雷文中尉的声音和艾米一样不确定。

“是的。”艾米低着头小声说。

“我给你带了点东西。”

艾米皱着眉抬起了头，“我吗？你甚至都不知道我啊。”

“索尔比给我写信的时候说的。他说他看到你

在花园里面哭，而且你告诉了他你还有一只猫。”

艾米沉着脸，因为被别人知道了自己的心事而一时感到羞愧。她根本不想让人知道这件事，所以很久以来都没有人知道这件事。杰克因为自己的眼泪而幸灾乐祸，现在索尔比先生还写信告诉了这个穿制服的人。她抬头，想说些什么愤怒的话，但是她正好看到了他的眼睛。和杰克一样深灰色的眼睛，上面还有黑黑的睫毛。

艾米握紧了拳头，指甲深深地嵌到了肉里。“我想它。”艾米咕哝着，一面想表现得礼貌一点儿，一面控制着自己强烈的愤怒。

“艾米，看！”克雷文夫人站了起来，然后一只胳膊环抱着艾米，轻轻地将艾米推行到了壁炉前面的椅子那儿。椅子上有一只篮子，那只篮子和几个月前自己装露西的那只篮子很像。

“是蛋糕吗？”艾米疑惑地问。

克雷文中尉笑了：“你打开看看。”

艾米固执地摇摇头，他在嘲笑她吗？

他不再笑了，而是走近，并且挨着篮子蹲了下来：“索尔比给我写信，他说你因为想带上这只猫还费了一番功夫呢。他还说第一次见到你，你一个人正可怜巴巴地在园子里面闲逛呢。”他看了看那只篮子，两条黑色的眉毛都皱了起来，“你很难想象我离开之后的样子，艾米。这是我的家。我一直住在这里，我所有的一切都和密赛尔斯威特联系在了一起，即使我走了也是一样。信就像是家的影子一样，我一遍一遍地读。我可以想见那个在我花园里面失意的女孩儿。尽管我从没看到过你，但是我在信中常常读到你。所以我了解你，而且我也喜欢你，因为索尔比喜欢你。”他笑了笑，“他知道自己在干什么，并给我讲述了花园中的你，和你那只没有带来的猫。”克雷文中尉看了看篮子，伸出手好像要拍拍它，但是他又谨慎地把手抽了回来。

“我有一周的假期，就这么多，但是昨天晚

上我不得不在伦敦过夜，因为只有今天早晨才有火车。所以我去了孤儿院——迪尔洛夫小姐也曾经给我写过信，她很担心那所孤儿院——她想让人看看孤儿院的窗户是否都被封好了。这样就不会有人趁机打劫了。”

艾米点点头，不知道这和她有什么关系。

“我围着那儿看了看，看看一切是否完好。然后我又看了院子，又去了上面的防火门。”

艾米突然间好像只能出气不能吸气了一样。这种感觉就像当时和亚瑟打架，她抓了亚瑟的脸，而亚瑟打了她的肚子一样。

“你看到它了吗？”艾米硬生生地把这几个字挤了出来。

他点点头，“它一定是听到了我的脚步声，可能它以为是你呢。”他说，“它走路很轻，所以直到它都跑到我的脚边了我才注意到它。我想把它捉住——天知道，如果当时我把它捉住了应该怎么办，难道我要把它放在我口袋里面吗？”

“它跑了吗？”艾米拉着他的袖子问，“它还好吧？它是不是瘦了？”

他点点头：“很瘦，所以我就回到了旅馆，借了一只火把，然后他们帮我弄到了一块鱼酱三明治。我告诉他们我饿了。”

“鱼酱三明治？”艾米一边无意识地重复着克雷文中尉的话，一边看着那个篮子，然后她紧紧地抱住了那个篮子。他说的和自己想的是一回事吗，或者他只是和自己开个玩笑——就像自己曾经幻想着自己和露西住在那个神秘花园的金银花房子里面一样。

艾米想跑过去，把捆绑篮子的那些东西撕掉。但是如果里面只是一块蛋糕呢，又或者是块鱼酱三明治呢？

“嗯。我很高兴我想到了这个办法，这只小猫太难捉了。尽管当时因为雪的关系找到它并不难。”

“你——你说的是真的吗？你不是想取笑我吧？”艾米一边问，一边靠近。

他哼了一声，然后伸出手，这样艾米就能看到他手背上那条深红色的抓痕了，“它出来的时候，我要小心一些，因为它很不喜欢这个篮子，所以脾气很大。”他向艾米点点头，“我坐在防火门那儿的雪地上，手里拿着那块鱼酱三明治，然后像小丑一样左摇右晃。”

“待了一会儿。它从院子里面的垃圾堆那儿走了出来。它不想离我很近，但是它抵抗不了食物的诱惑。它太瘦了。当你打开篮子的时候，它可能一下子就跑了，艾米。它根本就不想钻进这个篮子，而且从昨天下午，它就一直被关在篮子里面。我可不敢再打开这个篮子了，我只是开了一个小口，然后放了更多的三明治进去。我知道这显得很残忍，”他抱歉地说，“但是我可不想它在旅馆里面跑了出来，要是在火车上，那就更糟了。如果它在中途不知道什么地方跑了怎么办？”

“露西？”艾米一边说一边在椅子前面蹲了下来。如果不是露西怎么办？如果这是一个可怕的玩笑怎么办？杰克就会那样做的，而且谁敢保证杰克的爸爸不会这么做呢？她皱着眉头看了看那个篮子，希望自己不要抱太大的希望。

里面没有什么声音，只有篮子轻微的吱呀声，好像里面有什么东西在动，但是又细不可闻。从外面看进去，里面是黑乎乎一片。

艾米笑了，几乎相信了里面就是露西！她可以想象露西透过这个篮子正在狐疑地向外看呢。她很奇怪，为什么克雷文中尉手上只有一道抓痕呢？然后艾米小心翼翼地解开了绳索，并打开了盖子，当然只是很小的一条缝。一双绿色的眼睛正在篮子的阴影里闪烁着幽光。露西正嘶嘶地警告她呢。

艾米后退几步。“开了，”艾米小声说，“你现在可以出来了。”她特别想扔了盖子，然后紧紧地抱抱露西，因为露西待在黑暗里的时间太久了。

露西在篮子背阴的地方弓起了身子，看来它对这个篮子真是深恶痛绝了，它最终慢慢地朝前走了过来。一个小小的黑鼻子先拱了出来，然后那黑色的胡须也露了出来，最后一股鱼臭味也飘了出来。

“你好啊，露西。”艾米用很低很抚慰的声音说，这和索尔比对知更鸟说话的声音一样。

露西往外挤了挤，这时它的头整个都出来了。它看了看旁边的克雷文夫妇，艾米几乎可以确信露西已经认出了那个把它装进篮子里的克雷文中尉了。它是恨他的。

“只有这样他才能把你带到这儿来，”艾米温柔地解释着，“我知道你不喜欢这样。但是如果你出来了，你就可以喝到牛奶了。”艾米郑重地说，“我可以把我下午茶时要吃的那些面包和牛奶给它，反正我也不喜欢吃。”

“它可以喝自己那一份牛奶，”克雷文夫人

低声说，“我们可以克服一下，反正牛奶是不限额的。我们可以去农场那边多弄点，如果它能捉老鼠的话，它就应该得到属于自己的那一份。”

“它在孤儿院的时候，确实捉过几只呢，”艾米向她保证说，“但是它把那只死老鼠放在伊万斯女士的鞋里了，所以没人在意它是不是捉到了老鼠。”艾米把盖子拿得更高一点儿，露西那只黑耳朵动了动。“露西——出来，可爱的……我从没想过还能再见到你！我还以为别人把你抱走了呢，好吧，其实我并不知道那些。”艾米确实是那样想的，但是她并不想再说下去。

那只黑猫突然间一下从篮子里面蹦了出来，并且还嘶嘶地向众人示威，克雷文中尉赶快向后退了几步，他这个样子让克雷文夫人不禁笑了起来。

“它已经抓过我一次了，而且还抓出了血。”克雷文中尉一边指着露西，一边耸耸肩膀说。

露西在艾米的腿上又抓又挠，而且还僵硬地弓起了身子，耳朵朝后，并警惕地环顾了一下屋子。

“好了，好了，没事了……”艾米一边咕哝着，一边连连安慰这只受惊的猫儿，“没事了，是的，真是一个讨厌的篮子。我把它烧了怎么样，好吧？真的吗？我并没那种意思的，”艾米一边说一边看了看克雷文中尉，“你已经报复过人家了啊，是的，他确实是……”

“你在哪儿找了个装猫的篮子啊？”克雷文夫人小声问丈夫。

“那其实是一个很贵的食盒呢。我本来是从特纳姆买的，但是我突然想到得有什么东西才能把它装进去才行。可能几年以后我还会往里面装些什么东西当作你的圣诞节礼物呢。”

克雷文夫人做了个捂嘴的手势，希望他不要再说了，但是随后还是开心地笑了起来。

“咱们可以把这个篮子送给索尔比，”克雷文中尉说，“如果他能把这股臭鱼味弄掉的话。”

露西的耳朵还是乖服地贴着后面，不过它还是好奇地闻了闻艾米的手指。“是我啊，”艾米一边梳理着露西的后背，一边说，艾米都能摸到露西邋遢的绒毛下那些肋骨了，“看把你饿的。”艾米轻声地说，而这时候泪水已经刺得她眼睛都疼起来了，她转身看了看克雷文中尉，“可能它不知道感恩，但是我非常感激你。你可能不知道，我认为你及时地救了它，我相信人们不会像以前那样再扔给它那么多食物了。它比以前更瘦了。谢谢你！”艾米礼貌地向克雷文中尉行了礼——几乎都快变成磕头了。她不知道说些什么会更好一些，但是她希望自己能说些什么。

克雷文中尉非常潇洒地向她行了个军礼。艾米想可能他在船上经常这样绅士地行礼吧。“我要是早点儿把它带来就好了，”他笑着说，“当我在船上想着你们大家的时候，我也在担心着它。你现在打算把它带走吗？不管在哪儿，它都不喜欢和我待在一起。”

艾米又摸了摸露西的后背，然后又摸了摸露西耳朵后面，这只小猫不禁抖了一下，并伸了伸身子，这时它和艾米更近了一些。艾米点点头，“我能把这个篮子拿走吗？它可能现在不喜欢这个篮子，但是没准什么时候它又喜欢在里面玩捉迷藏了。它比较喜欢黑点的地方。我想索尔比并不会想要这个篮子的，这个难闻的味道是消散不了的。鱼酱三明治的味道是很难除掉的。”然后艾米咽了口唾沫，并把露西紧紧地贴在自己的下巴上，然后感受着露西头部的温暖，“我没钱。”

克雷文中尉向她眨了眨眼，好像不明白她在说什么。

“这个篮子，这个为了装这只小猫而买的昂贵的篮子……”

“你不是在花园中帮忙吗？”克雷文夫人抢着说，她还轻轻地踢了自己的丈夫一下，好像是和他打什么暗号似的。

“索尔比也是这样说的。他还说你们这些孩子能来这里，是一件很快活的事呢。”克雷文中尉说，“你完全可以把这个篮子当作是自己通过劳动挣来的。但是你还欠我抓你一下呢。”他咧着嘴笑着说。而艾米则点了点头。她知道他是在开玩笑呢，但是她不在意。她确实是亏欠了他。她知道的。

当艾米离开克雷文中尉的书房的时候，臂弯中的露西还是很紧张，艾米想如果把露西放在这所有100多间屋子的房子里，她怎么能知道露西到底在哪儿呢？艾米等着露西挣扎并挣脱自己的桎梏，但是露西只是安安静静地待在自己的臂弯里，它可能也被这巨大的房子吓坏了吧。

索尔比小姐正在楼道的另一端擦桌子，而她很少做这样的工作。艾米加快了脚步，当她一露面，索尔比小姐立刻丢下了那块桌布，笑着问她，“他替你找到那只小猫了，是吧？”

“你也知道露西吗？”艾米咕哝着，“是索尔比先生告诉你的吗？”艾米想他是她的哥哥，他们应该是无话不谈的吧。

索尔比小姐看了看那只趴在艾米臂弯里的小猫，还逗了逗它：“真是太惹人怜爱了。去告诉迪尔洛夫小姐一声，你就说是克雷文中尉替你找回来的。要好好说话。别那么傻笑了。”

“我不会的，”艾米赶快说，“这件事很重要，所以我不会那样做的。索尔比小姐，我真的能把露西养在这座房子里面吗？它不是常见的宠物猫。它也不知道怎么保持室内的干净。如果它弄得一团糟怎么办？”

索尔比小姐叹了口气，若有所思地看着这两个骨瘦如柴的小家伙，“我希望它能学会这些。如果它弄得一团糟，你可以来找我，我会替你收拾的。”

艾米点点头。她可以感觉到露西放松了一些，它的心跳也慢了许多。她一边跟着索尔比小姐穿过房子到了议事厅，一边喃喃着她多么喜欢它，它曾经在那个布满灰尘的屋子里捉过多少老鼠。

在通往议事厅的过道里，他们正好撞上了正在厨房吃东西的杰克，索尔比小姐向他啧啧作声。

“你还想好好吃晚饭吗？”

但是杰克盯着艾米，理都不理索尔比小姐：“我爸爸走了好几个月终于回来了，而他所想的却是和你说话。”

艾米也盯着他：“因为那件事很重要。”

露西的胡子动了动，它想挣脱艾米的束缚，因为它闻到了食物的味道。杰克后退一步，睁大眼睛瞪着它。

“你的猫？”

“你爸爸帮我找到了它。他不得不去孤儿院一趟，然后他看到了露西，他就把它带回来了。”艾米一边咽着唾沫，一边想说点什么好听点儿的。杰克很讨厌，但是他爸爸却很好。“你爸爸是好人。”艾米拘谨地说。

“我不知道他为什么费那个事，”杰克愤怒地说，“它看起来和老鼠没什么分别。”

“杰克·克雷文！”索尔比小姐断然说道，“道歉！”

但是杰克早就跑上了楼梯，狠狠地把楼梯的门关上了。索尔比小姐叹了口气，然后催促艾米快点去议事厅。

“猫！”当亚瑟看到他们出现在门口的时候，他飞快地从桌子那儿跑了过来，“他想要什么？艾米，你的猫！”

“克雷文中尉找到了它，”艾米简单地说，她向迪尔洛夫小姐投去了请求的一瞥，“他在孤儿院找到了露西，小姐。园丁索尔比先生给克雷文中尉写信告诉他的。他知道我想它。他用食盒一路把它带过来的。”艾米咬了咬嘴唇，并努力使自己显得很谦卑，“我能留着它吗？”艾米的手指在露西的绒毛下已经交缠在一起了。如果迪尔洛夫小姐说不的话，也没关系，她是铁了心地要养着这只小猫了，反正迪尔洛夫小姐也很难把露西送回去。但她还是最好征询一下她的意见。为了露西，她也要这样做的，不管让她多么谦卑地多么违心地说那些话。

艾米将自己的脸贴在露西的身上，然后看着一边的舍监，因为她想知道迪尔洛夫小姐到底想怎么做。迪尔洛夫小姐紧紧地攥着盛汤的勺子，然后咣当一声把勺子扔到了碗里。

“他去孤儿院了？”她低声说，“我给他写信……”

“他已经把所有的东西都检查了。”艾米点点头，“他说窗户也没坏。然后他坐在防火门那儿的时候，就看到了露西，可能是因为他拿着三明治。”

迪尔洛夫小姐疲惫地摇了摇头：“那你就留着这只小猫吧，他才是这所房子的主人，艾米。如果他帮你带了回来，我是不能拒绝他的好意的。”

艾米咽了口唾沫，她不敢看迪尔洛夫小姐。因为她太高兴了，所以她不能让迪尔洛夫小姐看到，要不然会被认为她很粗鲁的。“谢谢你，迪尔洛夫小姐。”然后，艾米赶快接着说，“我答应不会让露西碍您的事的。”

“你最好问问伊万斯女士和马丁女士是不是有东西喂它。”

艾米点点头，然后急急忙忙地去了厨房。

“索尔比小姐已经告诉我们了，艾米，”伊万斯女士催促艾米去叫露西，“它真是太瘦了，小可怜儿……”

马丁女士狐疑地看了看露西，“它自己也比老鼠大不了多少。你确定它能捉老鼠吗？”

“它曾经把一只老鼠放我拖鞋里了，贝蒂，我正要告诉你呢！”伊万斯女士肯定地说，“坐这儿，艾米，我去给它找只喝奶的碟子，你喝了这碗汤吧，露西。”她用她那通红的手指摸摸露西的下巴，“来吧，小家伙。你早晚还是要放开它的。”

“能够再次看到露西，真是难以置信啊。”艾米犹豫地说。

伊万斯女士从架子的后面拿了一个已经开裂的碟子，然后从柜子里面拿出些牛奶给露西倒在了那个碟子里。她把它放在桌子旁边，艾米又摸了摸露西的毛，然后放开了它。她等着露西跑开，但是露西歪着头，兀自在艾米的肩膀上舔起了自己的毛。好像是故意不去看牛奶似的——或者只是想表现得如此，但是它也没有直接跑开。

梳理了几分钟，它看了看牛奶，然后优雅地从艾米的肩膀上跳了下来。它先闻了闻，然后开始贪婪地喝了起来。这时的露西完全忘记了优雅，连胡子都泡到碟子里面去了。

最后，露西还舔了舔碟子，它的小舌头将碟子舔了个干干净净，然后站起来并弓起了背。它舔掉胡子上的最后一滴奶，巡视般地在厨房转了转。艾米屏住了呼吸，但是露西只是跳上了马丁女士经常坐着的那个椅子。它和另外一把椅子一起靠着墙，那儿还有为伊万斯女士准备的一个坐垫。露西卧在了那把椅子的中间，然后很酷地看了看四周。

“看它！”马丁女士笑道，“无耻的小乞丐！用不了一两天它就会把这个地方当成自己的窝了。”

“你认为它不会跑吗？”艾米慢慢地说。

伊万斯女士对这句话嗤之以鼻：“别胡说了。它知道自己何去何从，你看看它。猫儿都知道在哪儿才能找到吃的，艾米。”

艾米咯咯地笑了：“它确实很喜欢奶油面包。”

“它什么不喜欢啊，”伊万斯女士咕哝着，“我还记得这猫的德行呢。艾米，你要注意点，露西是不能跑到食品室里面去的。”

克雷文中尉在这儿只待了一周就又回到他的战

船——皇家海军舰艇克拉夫顿号——上去了。克拉夫顿号舰艇停泊在离密赛尔斯威特庄园并不是很远的北部海港里。从那儿它要去巡逻德国和荷兰间的水域，并拦截那些可能为德国提供物资的商船。

艾米碰到了他几次，几乎每次他都和克雷文夫人挽着手臂，穿着海军油裤和靴子在园子间溜达呢。杰克每次都跟着他们，一会儿跑前，一会儿跑后，好像自己是根绳子一样把他们绑在了一起，他几乎和爸爸寸步不离啊。

克雷文中尉每次见到她都会点点头，艾米想他可能想摸摸露西，但是露西每次看到他都不会太友好。她想说声谢谢，或者做点什么表示自己的感谢。但是因为每次杰克都怒目而视，所以自己什么都做不了，她能做的就是笑笑，然后赶快跑开。

克雷文中尉刚回来的那几天，艾米有一次偷偷地溜进那个神秘花园去看雪莲花，露西一边哆嗦一边紧紧地跟着她。突然艾米停了下来，因为她看到克雷文中尉正坐在玫瑰花架子下面的椅子上，而旁边则站着索尔比。

“它怎么了？”他一边叫艾米，一边向她点了点头。

“它不太喜欢雪。只要有雪，它都会把它们从爪子上弄掉的。”艾米相当悲伤地看了看园子的周围，“难道你不想看看鲜花盛开吗？而它们现在还都被雪盖着呢。”

他哼了一声，“如果你能看看我们船上我那间住处，你就会知道我何曾不想回到这里呢。”他闭上了眼睛，从他外套深深的口袋里掏出了手，然后指着说，“那边墙那儿是迎春花。花圃下面是蓝白相间的乌药碱，阿塔兰特雕像旁边是粉色的近东罂粟。日晷那边是粉色的玫瑰花，墙后面是白色的玫瑰花。再前面那些白色的粉色的东西，我都不记得名字了。”他睁开了眼，然后看着她。他在笑，但是他看起来很悲伤，“我可以一直在园子里面转。

真想一直看着它。”

艾米点点头，弯下腰抱起了露西，因为露西正可怜巴巴地围着自己转呢。无论艾米什么时候出去，露西都会跟着。不过正在融化的雪把露西的毛弄湿了，所以显得它更瘦了。艾米为了能在屋内做些清洁工作，甚至还请教了索尔比小姐。

“可怜的小东西。”为了看它，克雷文中尉向前倾了倾身子道，“它看起来胖多了。”

“小猫咪。”索尔比先生一边诱惑地说，一边伸过自己的手背让露西闻。

露西扭了扭，跳出了艾米的怀抱，然后走过长椅，用脸蹭了蹭索尔比先生湿湿的袖子。

艾米看着，希望自己不要表现得太嫉妒。克雷文夫人告诉过她，索尔比先生可以令动物们都自然地亲近他，但是到目前为止，她只看到索尔比先生和那只知更鸟而已。她的脸色很难看，并后退一步，完全没有意识到自己在做什么。

露西在长椅上来回走着，然后又追上艾米，当它的爪子感到了雪的寒意的时候，它就会抬爪缩耳。它的脸蹭了蹭艾米的威灵顿靴子，然后喉咙里呼噜呼噜地发出了一种很大的声音，这声音完全不像是这样羸弱的小家伙能够发出的。这是艾米第一次听到露西的呼噜声。它在伦敦从来没有发出过这样的声音。艾米惊讶地张大嘴巴，看了看露西，然后又看了看索尔比先生。然后艾米在雪地里蹲了下来，用戴着手套的手一遍又一遍地摸着露西的背，但是露西还在呼噜着。

索尔比先生咯咯地笑了。“别害怕，小姑娘，它是你的。”

*****

“它又开始呼噜了。”艾米警惕地坐了起来，露西蜷缩在她的膝盖后面，她不想无意间把露西踢下床。“这呼噜声。”

露西站了起来，伸伸腰，顺着艾米的腿一直爬到了她的脸那儿，并用鼻子紧贴着艾米的脸。

“你真重，贪婪的小猫咪。”艾米爱怜地咕哝着。露西可能永远也长不大，但是在吃了一个月的猫食后，它已经不再是皮包骨了，它的毛也顺滑了起来。它看起来可爱多了。

一声轻微的啜泣声让露西抬起了头，艾米喘了口气，“你也听到了吧！是真的，以前……我已经有好几个星期没有听到这哭声了，最后一次，我都快觉得是自己编造出来的了，或者是自己半睡半醒间吓自己的呢。”她看了茹比一眼，而茹比睡得正香呢。艾米抱起露西，并让露西舒服地趴在自己的肩头上，然后把一条毯子像围巾一样围在自己和露西的身上。“我可拿不了你、毯子和蜡烛啊，”她一边咕哝着，一边疑惑地看着黑暗，“不过我觉得天快亮了，至少有一点儿亮了。”

但是楼道里面还是很黑的，艾米一只手摸着

木质的楼梯把手，一边踯躅而行。她想找到门在哪儿，楼梯在哪儿。“真的有哭声，”艾米小声地说，因为她又听到了一声压抑的啜泣声，这次艾米都紧张了起来，“这是真的，这不是鬼魂在作怪，这不是我编造的，这也不是梦。”艾米慢慢转身，那哭声又传了过来，她本来以为那哭声是从远离他们屋子的侧门那边传来的，但是现在她确定那哭声是从他们楼上传来的，尽管她也不知道这声音到底是怎么传过来的。有那么一刻，艾米很害怕，她向上看了看那白色的天花板，她本以为会看到一个弓着背的黑影号叫着向她扑过来的。然而，什么都没有，艾米使劲摇了摇头。认为这哭声是梦魇或者是鬼魂，真是太愚蠢了。这样的故事只是亚瑟和乔伊吓唬小孩子的把戏罢了。

“这楼梯……”艾米很困惑地四下看了看。她确信这里就是杰克向她做鬼脸的那段走廊，但是楼梯在哪儿呢？

“啊！”当那哭声再次响起的时候，艾米吓得蹦了起来，露西也从她的胳膊中跳了出去，然后跑掉了。艾米小心地走到了楼上的那个屋子，那间紧紧关着的屋子。那哭声是那么悲伤，艾米猜这是个孩子在努力抑制着自己的哭声，不愿被别人听到而发出的哭声，但是通常情况下，他们哭着哭着还要大口地喘气，这是避免不了的。

门后面是自己曾经注意到的一段楼梯，只要往上面走几步，然后再转个弯就是一个孩子的卧室，那个屋子里面也点着和自己屋子里面一样的一盏灯。

当艾米看到烛光的时候，禁不住眨了眨眼。她看到露西已经蹦上了床，正好奇地打量着那个孩子呢。突然间，那个哭泣的孩子坐了起来，并瞪着他们。

“你们到这儿来干什么？”杰克问。他的声音还是颤抖的，好像还夹杂着哭泣的声音，他听起来并不是很生气，只是带着种令人心碎的悲伤。

“我听到你哭了。”

他一屁股坐在枕头上：“你走吧，你去告诉他们你看到我哭了，这样你们也可以好好乐一乐。”

艾米犹豫地站在他的床头。她已经解开了这个秘密，但是她毫无自豪的感觉。这算什么呢？艾米叹了口气：“我能坐下吗？好吗？地板很冷的。”

“可能吧。”他回头看了看，但是并没有起来。露西坐在他脚边，开始梳理毛发。杰克疑惑地看着他们俩，好像在想是不是要把他们俩一脚踢开，“你应该回你自己的屋子去，如果你觉得冷的话。”他咆哮着说。

“你怎么了？”

“没事。”

“我曾经听到过你哭的，你知道吗。我还以为是鬼在哭呢。”

他轻蔑地说：“根本没有这样的事。”这事好像让他开心多了，因为他觉得艾米这样想很傻的。

然后他坐了起来，小心翼翼地动了动自己的腿，这样就不会打扰到露西了。

“如果有鬼的话，一定在这里。”艾米耸耸肩，“这个地方应该到处都是鬼，因为这儿太冷了。”

“花园里面倒是有鬼的。”

艾米的眼睛瞪得大大的：“那个花园？”

“就是你常去的那个。好的，你知道的。”他狡猾地看着她，还不怀好意地哼了哼。

“你的意思是就是我像你刚才一样哭泣的那个花园吗？”

他点点头，然后又转过了头。

“什么样的鬼呢？”

“我奶奶。”他很骄傲地说。

“你见过你奶奶的鬼魂吗？”艾米尖叫道。

“没有亲眼看到……那更像是一种感觉。”他小心翼翼地伸手拍了拍露西，然后他又看了看艾米，“你认为是我编的吗？”

“她死在了那个花园里。她坐在树上的时候，正好那根树枝断了，那只是一根很低的像座位一样的树枝。她本来都要有孩子了，当然，那个孩子就是我爸爸。爸爸早产，奶奶就死了。”

艾米慢慢地点了点头。她从日记里面也多少知道了点，这就是为什么那个花园被锁起来的原因。但是玛丽从来没有清楚地写出来过。她猜杰克应该和日记里面某个人有什么关系，这毕竟一直是克雷文家族的家。

“她又回到那个花园了。”

艾米看着他的脸，那清澈的灰眼睛，在烛光中闪闪发亮。他看起来并没有开玩笑。

“她仍然在那儿吗？”她轻轻地问。

“我爸爸是这么想的。我和哥哥刚出生的时候，爸爸就把我们带过去了，他想让奶奶看看我们。”他的声音又颤抖了起来，艾米看他擦了擦眼睛。那双眼睛里面已经溢满了泪水。艾米咬了咬上嘴唇，然后向他那边靠了靠，握住了杰克放在露西背上的那只手：“你哥哥什么时候回来啊？”

“没人知道，”杰克哽咽地说，“他也不知道。他写过信，但是从来不会写太多。他应该结束培训了。他很快就会进入突击队了，那样他就能打击敌人了。”

“那你一定很自豪了。”艾米小心地说。

杰克对艾米的话嗤之以鼻，“我不得不骄傲，不是吗？每个人都这么说。”他看着她，“我宁愿他从来没有离开过，我不想要一个当了英雄的哥哥，我只是想让他在这儿。如果是白天，我会装得很骄傲。但是现在我却总在想他的飞机会不会被打下来。”

“不会的！”艾米拍了拍他的手说，但是他生气地把手抽了回去。

“你怎么知道不会呢？你对这些事情一无所知。成千上万的事情都可能出错。如果他不得不跳伞，那会怎么样呢？”

艾米耸耸肩，她根本不知道那意味着什么。

杰克懊恼地摇了摇头：“呼——啊！跳！背着降落伞。你知道那是什么东西吗？”

“当然！”幸亏亚瑟和乔伊一直对飞行的事喋喋不休，“我又不傻。”她若有所思地看着杰克，“你知道吗，如果你告诉那些男孩子说，你哥哥是飞行员，他们会更喜欢你的。”

他不屑地看着她：“你觉得我会在意吗？”

艾米又耸了耸肩：“只是一个提议罢了。我认为你也不在乎，你很快就会回你们学校了吧？”

“不行，”他气愤地说，“医生说我还要更健康才行。”

“你看起来已经够好了。”艾米笑着说，“可能你应该多去花园逛逛。”

他皱了皱眉：“什么意思啊？”

艾米一时间忘了自己不应该读那些日记。她向前靠靠，然后一边抚摸露西一边想自己应该说些什么，然而杰克直接向后靠在了枕头上。露西生气地瞪着杰克，然后将自己的爪子伸进了被窝。

“是我妈妈告诉你这些愚蠢的故事的吗？”杰克皱着眉说，“花园，魔力？全是胡扯的。魔力根本就是无稽之谈。一个花园怎么能让人好起来呢？这只是睡前故事罢了，仅此而已。”

“我的意思是花园的空气对你的身体有好处。迪尔洛夫小姐经常这样说。实际上，这些也不是什么废话。”艾米抬头看了看他，而且还固执地双臂环抱着说，“我相信魔法。那个花园把我的露西带回来了。”

杰克不屑地笑了笑：“才不是呢，是我爸爸把你的猫带回来的。”

“我曾经一遍一遍地回忆着露西。我曾经幻想着它和我在花园中一起玩耍，而现在也变成了现实。我还幻想过露西能在花园里进行日光浴，现在也变成现实了。今天在我收拾花苞周围杂草的时候，它还那样做了呢。它待在雕像底部的壁架上，闭着眼睛，而阳光则照在它的皮毛上。梦想真的变成了现实。”

“大卫曾经和我经常在那儿玩捉迷藏。”杰克情绪低落地咕哝了一句。艾米看得出来他并不想告诉她什么，但是他又不得不找个人倾诉一下，而她正好在这儿。杰克将脸朝向了另外一边，而这样，艾米是很难听清他在说什么的。

“那是一个捉迷藏的好地方，”艾米一边假装没有看到杰克脸上的泪水，一边安慰他说，“那里有那么多地方可以躲藏。鸟儿们都在那里，灌木丛到处都是，尽管当时都没什么叶子。当夏天到来的时候，那里就变成了全英国最安全的地方了。索尔比先生曾经那样说过。”艾米看着杰克的侧脸，她可以看出杰克努力地克制着自己不让自己哭出来。艾米接着说，“那只知更鸟最近正在找搭窝的地方，你知道吗？我看到它在常春藤中钻进钻出，而另外一只知更鸟也紧随其后。我相信它们是在寻找孵卵的地方呢。但是我很怕露西坏了事。我知道露西并不知道如何猎取鸟儿，因为在我们那儿的街上并没有什么鸟儿，但是它会学会的。而且它已经注意到它们了。”艾米低头看了看露西，而露西正在杰克的被子上舒服地伸着懒腰，“它喜欢这儿。我想它可能再也不想回到伦敦了。”

然后艾米使劲盯着露西抖动的尾巴。它不仅仅是自己的宠物。议事厅里的报纸上写满了那些撤离的孩子被父母带回家的消息，因为伦敦从来没有遭到过轰炸。如果迪尔洛夫小姐和萝丝小姐也决定回到伦敦怎么办？他们已经离开那里5个月了，艾米很难想象自己重新被关进那个孤儿院的场景。

艾米使劲咬着自己的嘴唇，因为需要抑制自己的泪水，所以她的脸都有点变形了。

“你哭什么呢？”

“因为我也喜欢这里！”艾米痛苦地说，“我从来没想到过自己会喜欢这里。”露西站起来蹭了蹭艾米的胳膊，它还用牙齿轻轻地咬了咬艾米的手腕。它讨厌别人哭，因为这会让它变得紧张而暴躁。

“为了这个哭，真是太愚蠢了。”杰克一边嘟起自己的嘴巴，一边不屑地说，“露西都觉得你太矫情了。你高兴的时候是不是也哭啊？”

“你不知道，你不知道你是多么幸运。”艾米咕哝着，“你有家，尽管你总是需要牵肠挂肚。我除了露西以外一无所有，我不属于这里。而你却什么都有！”

杰克表现得很吃惊，而且觉得这事很滑稽。艾米歪头看了看他：“难道你不知道我们都是孤儿？也可能是别人根本不想要我们。没有人知道我们来自哪里。”

“这并不意味着没人要你，可能是因为事故或者是其他什么事情。”杰克局促地说。

艾米耸耸肩：“可能吧。但是老实说，可能是我妈妈出轨而生了我。”

杰克脸红了，并且一直红到了耳朵那儿，艾米咯咯地笑了起来。因为看到杰克那种惊恐好笑的表情，艾米禁不住就笑了起来。他那苍白的皮肤一会儿红了，一会儿淡了，好像是泼洒了染料一般。“我可能不应该说那些话，尽管那可能是真的。”艾米说。

“你会不会因为那件事，觉得不好意思？”杰克轻声说。

艾米耸耸肩：“不。但是我生她的气，或者是他们的气，无论发生了什么，他们都不应该抛弃我，尽管我长得并不好看。我希望拥有一块属于自己的地方，这也就是为什么……”

艾米的声音越来越低，最后她叹了口气：“我假装这个花园是我的。好像从来没有人进去过一样。那个地方只是我一个人的。”

杰克侧过脸看了看她，“我可以帮你除草，”他略带疲倦地说，“你可以告诉我那个知更鸟的窝在哪里。”

“我觉得是在那个最密的玫瑰花圃里，就是长凳旁边犄角那边的那个花圃。”

杰克点点头，“那是白玫瑰，半野生的，但是妈妈喜欢它们。大卫曾经告诉我下面有一条通道，但是我被卡在那些荆棘里面了，他不得不把我又弄了出来。”杰克打了个哈欠，并且在枕头上扭了扭身子，“你看到那只知更鸟飞到那里去了吗？”

“那只鸟儿一次又一次地飞到那里。”艾米一边看着杰克挣扎着睁开眼睛，一边轻声地说。他那单薄、柔弱、略带蓝色的眼睑一眨一眨地。凭借这个，艾米就知道他确实是病了。“它一定还有个配偶，可能它们已经做好了巢。没准哪天它就会在那茂密的玫瑰花中间生下自己的宝宝呢……”

第 7 章

一封电报

“我什么都看不到，”杰克一边没好气地在铁凳上来回换脚，一边抱怨说，“冻死我了。难道我们就不能直接进去吗？”

“不能，小声点。我敢打赌，一会儿就好。”艾米一边跪了起来，一边躲在花园犄角的玫瑰花茎和常春藤后面左瞧右看。这片的植物比别的地方都略显荒芜了一些，艾米想可能当玛丽、迪肯和科林在这个花园探奇的时候发现了这个地方，但是因为鸟儿的原因故意把这片地方保持了原样。“没有那么冷啊。雪都没了。”对于艾米来说，春天的阳光很新鲜，即使不是那么温暖。这使得她的心情很好。她总是得意于发现什么新的东西，刚开始是雪莲花，现在到处是一簇簇的迎春花了。

“那又怎么样？我知道没雪了，但是那也并不意味着现在就是夏天啊，这风很冷的啊。”

艾米转身看了看杰克，突然间担心了起来。这可能是因为麻疹使杰克长期患病的原因。可能这样的天气对他来说太冷了。毕竟，自己已经习惯了好几个小时都坐在寒风刺骨的那个防火门那儿了。即使露西都不愿意在这样的天气待在外面。它更愿意蜷缩在巨大的炉子旁边，为了一些面包屑而讨好伊万斯女士。

“别那么看我，”杰克一边转过身子，一边咕哝着，“我没病。如果不是他们撤离到很远的地方去了，我早就回学校去了。我比你结实多了，不信你和我比比谁跑得快。”

灰色羽翅的阵阵扇动吸引了艾米的注意，她一边拉了拉杰克的胳膊，一边紧紧地盯着那只鸟儿。“看！”艾米一边把头使劲地贴在那些灰色的玫瑰花茎上，一边轻声说，“看！我告诉过你的。”

那只知更鸟站在玫瑰花枝上，它那双小脚紧紧地抓着花枝上没有刺的地方，而且它的嘴里面还叼着一些虫子。它不安地看着这两个孩子，吓得艾米紧紧闭住了气。如果他们站得太近了怎么办？如果它和它的伴侣决定不在这儿安窝了怎么办？但是它只看了他们一眼，就飞了进去。这样艾米他们就只能看到那些蜷曲的花枝间，那只知更鸟影影绰绰的动作了。

“它给它的伴儿捉虫子吃呢，”杰克说，“它们已经建了一个爱巢，现在它正在为自己的伴侣提供食物和营养呢。可能它们都已经孵了宝宝了。我不知道，这时候孵宝宝太早了。”

艾米转身看着他，眼睛睁得大大的：“你怎么知道的？”

杰克耸耸肩：“每个人都知道啊，因为这个花园里到处都是鸟儿的窝啊。”

艾米叹口气：“我不知道。我还以为就这一

个呢。”

杰克看起来有点不自然。“我还想看看。我喜欢那只鸟。”杰克又笑了起来，“它刚才真有点像你呢。脾气有点臭，还疑神疑鬼的。”

“它才不是那样的呢！”艾米大声地叫道，然后又突然用手捂住了嘴巴，她很担心刚才的那一叫打扰了那只鸟儿。但是那里面一点儿动静都没有。“我知道它很胆小而且有些奇怪，但是在此之前，它是很友好的。当我来这个花园玩的时候，它总是过来看我。这就像……”艾米突然间停下不说了，因为刚才她差点要说出这只知更鸟和领着玛丽进入这个神秘花园的那只鸟儿是一样的。她相当确信这只知更鸟就是很久以前那只知更鸟的后代。她甚至怀疑那些知更鸟都知道这个园子的事儿，就像玛丽通过日记让艾米知道了这个花园一样。可能那些鸟儿在还是蛋的时候，那些知更鸟就已经把这个秘密悄悄地告诉它们了。这只知更鸟和它的伴侣会告诉自己的孩子的，可能此时此刻，它们正在讲述那些故事呢。

艾米转身的时候看到杰克正转动着眼珠子看着她："乔伊和亚瑟叫你白日做梦的洋娃娃是对的。你还想说什么，关于那只鸟儿？"

"我在想那些知更鸟是不是一直把它们的巢选在这里。"艾米说。

杰克想说自己并不信艾米所说的，但是他并没有这么做："好了，我不得不动动了，要不然我就冻在这个凳子上了。"

艾米站起来，一边喘息一边动了动那僵硬的膝盖："呃……"她抬腿踢了两下。

"你看起来真像一只鹳，"杰克哼哼着，"一只快要摔倒的鹳。快点。你看看从昨天开始这个地方有什么新的变化吗？"

而这也成了他们的习惯——每天都要围着这个花园看一看，看看那些东西发生了什么变化。艾

米沿着那排树打转，看着那些新芽。可能它们比之前又大了？而杰克总像一只西班牙猎犬一样走在前面，好像自己能够嗅出春天的气息一样。

“噢！”艾米刚蹲下，杰克就跑了回来，“昨天还不是这个样子的！它们一定是……”艾米盯着光秃秃的苹果树干上那些翠绿色的心形嫩芽说。那些嫩芽真是太吸引人了。艾米靠得更近了一些，贪婪地闻着只有新生嫩芽才有的丝丝甜味。这些嫩芽间孕育着花朵，艾米已经看到了。那些小小的深紫色小花好像不足以发出那么浓郁的香味。艾米皱着眉后退一步。它们闻起来竟有一股异样的熟悉。

“紫罗兰。”杰克挨着艾米蹲了下来，“呃，我饿了。”

“什么？”

“那些香气。”杰克叹口气并没好气地说，“你曾经肯定看到过。或者是在花店里？妈妈喜欢这些花。她有一种好像叫作紫罗兰软糖的东西。尝起来怪怪的，有点花的味道。”

艾米耸耸肩：“从没听说过。”有的时候杰克让她觉得自己好像白痴一样，她不想告诉杰克自己从来没有去过糖果店，“那些东西是花做成的吗？”

“是的，它们的味道差不多。你们的迪尔洛夫小姐还总是戴着紫罗兰，真是太可怕了。”

艾米点点头并笑了起来，原来就是那个味道。“花的香气很好闻，但是当迪尔洛夫小姐戴上的时候，闻起来倒像有点发霉的味道。”

两天后，艾米发现在自己的床头上有一个小小的锡罐，上面还画着紫色的花，就像是自己在花园里面见到的那种花。她看到上面写着紫罗兰，但是剩下的字她大部分都不认识。她想那应该是法文吧。艾米打开它，一股甜甜的花香味飘了出来。里面装的是一些小小的糖果，深紫色花形的糖果。艾米拿了一颗放在嘴里，没想到那糖果是那样甜，以至于自己不禁笑了起来。那股甜味在下午上课的时候都没有散去，直到自己尾随着杰克到花园的时候，她才舍得把它嚼了。艾米想，那个锡罐会陪自己一辈子吧。

艾米紧张地跟着杰克穿过那个通道。她可以看到杰克白衬衫上的那些微光，她一直盯着那些亮光。这个房子太大了，尽管她一直围着这个花园打转，但是她从来没有走进过这个屋子。“他们是不会允许我们这样做的。”艾米告诉杰克。

“我不需要他们的许可，这是我的房子。”杰克用小主人的语气说。

“索尔比小姐说我们不能……”

“如果你跟着我，就没事。而且，要不你能干什么啊？”杰克向窗户这边挥挥手——这场雨真大，雨水都顺着窗户流下来了。露西坐在窗棂那，它好像因为这样的天气很不高兴。当杰克走向学校门口的时候，它从窗户那儿跳下来，然后像红旗一样摇着尾巴跟着杰克跑了。

艾米犹豫地看了一下房子的四周。反正这也是杰克的房子，所以她不再担心，跟在杰克的后面穿过了一个又一个走廊，走过那个放着盔甲的屋子，然后是那些奇怪的黑黑的壁画，最后是数不清的门。

“我迷路了！”艾米焦急地大喊，杰克转过身，并咧着嘴向艾米笑了笑。“我们到底要去哪儿呢？我都不知道到底怎么出去了。”艾米担心地咬了咬嘴唇，希望杰克不要有突然跑掉然后留下自己的想法，那样不管什么人花多长时间都不可能找到她。她可能会死在这儿的，在什么人想起再找她之前，她可能已经变成一堆骨头了。想到这儿，艾米不禁吓得发抖了。他们走过的那些箱子到底放着什么东西呢？

“我也不知道，”杰克愉快地承认，“但是最后，我总能出来的。这个房子好多地方根本没有用过，好多年了。在妈妈因为战争把这里封起来之前就很长时间没有用过了。这样我们就可以像探险家一样来探险了。”

“你也不知道你要去哪儿吗？”艾米担心地问。

“不知道。我想领你去看大象，我本来想拐过3个弯我们就到了，但是我们却没有到那里。”

“大象？”艾米一下子就不再生杰克的气了。

“用象牙雕成的，我数过一次，一共有96个。有的只有我的拇指指甲那么大。它们就在这个房子末端的某间屋子的橱窗里。”

“你不怕迷路吗？”艾米问杰克。而他好像一点儿都不担心。

杰克耸耸肩：“我最终会弄明白我们在哪里的。如果我弄不懂，也会有人来找我的。”

艾米想也会有人来找她的，她只是不像杰克那样确定而已。

杰克环顾了一下周围那些沉重的木门，然后走上前去，打开了其中的一扇。艾米本来以为那些门都是锁着的，但是杰克很轻松地就打开了那扇门，那门还发出了吱吱呀呀的声音。

“我在想谁是最后一个进入这个房间的人呢，”杰克一边看了看，一边咕哝着，“全是灰尘味。”他把手插进了口袋，然后悠闲地走了进去，但是艾米觉得他在故作悠闲。毕竟这静静的房间是那样吓人。

这场雨使这个屋子更加阴暗，所以那些家具好像都在阴影中窥伺着他们。墙那边有一张巨大的床，黑檀木雕刻而成，上面盖着厚厚的红色天鹅绒。艾米可不想睡在这黑黑的落满灰尘的床上，那样可能连呼吸都呼吸不了。

露西蹦上了那个金线刺绣的床单，在灰尘腾起之后，还不断地闻着什么。

艾米小心地跟着它，但也在不断地东张西望。她希望这个屋子的主人能够出现，然后告诉他们如何出去。这间屋子看起来应该是住过人的。罩套上

还有些装饰品，窗户旁边还有一个梳妆台，上面还覆盖着红色的天鹅绒。那个梳妆台已经生满了绿色的斑点。艾米突然转了一个身，因为她怕自己身后突然间出现什么人。

这间屋子的墙上还覆盖着挂毯，就像艾米自己的房间一样，但是这儿的挂毯上描绘的像个花园。那上面到处都是鲜花和鸟儿。艾米四下打量着这些东西，她想弄清楚上面到底是什么花。

“还有个兔子！”那个小东西紧张不安地躲在一棵坠满果实的树下。艾米一边摇头，一边转身看向杰克，“所有的屋子都是这个样子的吗？”艾米小声说。

杰克点点头，“大部分吧。尽管我自己还没有全部看过。在你看来好像没什么意思吧。大卫总是在这个屋子里探险的时候做些标记。”他一边说，一边努力睁大眼睛好像在回忆自己已经忘记了的一些东西，“他有一个线团，所以我们总是可以沿着那个线团走回去。”

艾米转了转眼珠子：“你从来没想过也带一个来吗？我敢说，你的哥哥一定比你聪明多了。”

“他不管什么方面都比我强。”杰克的声音很小，他没有转身看她，而是靠着窗棂，看着下面雨中的花园，“那个花园好像还有很多地方咱们都没去过啊。我可以看到那个果菜园，看！”

“我不是有意的，”艾米不好意思地说，“我的意思是，他肯定比你厉害，因为他年纪大嘛，对不对？”

“大8岁，”对这点，杰克倒是很赞同，“但是当他回来度假的时候，他总是让我跟在他后面到处跑。他喜欢这样。爸爸总是说我是哥哥的尾巴。”他突然间皱起了眉头，然后离开了窗户，“我曾经来过这个屋子，我都忘了，那是很久很久之前的事了。”他突然穿过屋子到了离窗户最远的那个巨大的衣橱那儿，然后猛地拉开了衣橱的门。

“我就说嘛。”艾米隔着他的肩膀看了看。那个衣橱下面堆满了一些圆形的盒子，那些盒子还被一些褪色的丝带牢牢地系着。杰克使劲扯下了那些丝带，然后打开了最上面那个盒子的盖子，他笑了起来。“你能想象戴上这个像什么吗？”他拿出了一顶帽子，那顶帽子很大，所以看起来竟像一个蛋糕，或者更像蛋糕上面的那层东西。伊万斯女士和马丁女士试图通过查旧菜谱来解决食物定量的问题，但是这让她们感觉更加为难。艾米曾经在一个包装上看到过一些精妙的甜点图片，那些图片和这顶帽子很像。那些甜点用好看的绳子包好，而且绳子上还点缀着一些丝绸质地的花，还有一些丝带织成的玫瑰花。杰克伸手把那顶帽子戴在了艾米的头上，帽子一直压到了艾米的耳朵边，艾米不禁大叫一声。这帽子太重了。

杰克把艾米推向那个生锈的梳妆台那儿，而艾米也没有反抗。这个帽子可能是玛丽的或者是科林那个漂亮而神秘的妈妈的。她想看看自己戴上是什么样子的。反正也没有鬼，她告诉自己。

这顶帽子太大了，以至于她都近乎看不到帽子下的自己了。她只能露出那个小小的带有雀斑的鼻子，还有尖尖的下巴。露西跳上那个梳妆台，担心地看着她。

“没事，”艾米小声说，“我知道这样看起来好像我要被帽子吃了一样，但是没事的。这是我见过的最丑的帽子了……事实上，也不算是吧。”她转过身，看到杰克戴了一顶很滑稽的帽子，那顶帽子也到杰克的耳朵那儿了，“好玩吧。那些箱子里面还有什么呢？”

*****

艾米藏在一簇紫丁香下，在潮湿的草地上伸着懒腰。丁香花树上开着深色的粉紫相间的丁香花，并一簇簇地挤压在一起，那香气是如此浓郁，艾米真想把这些香气全吸进肺里去。

艾米听到杰克正在找她。杰克知道自己足够聪明，但是艾米清楚地知道他在哪儿。唯一能够泄露自己藏身之地的就是露西，如果露西跑出来就糟了。露西并不知道什么叫捉迷藏，如果它和艾米一样蜷缩在丁香树下，它就会咕噜个不停，并寻找适合自己待着的地方。露西现在应该在雕像那边晒太阳吧，艾米想。艾米翻了翻身，透过长长的杂草向外看。艾米看到露西正在一个石头基座边上抖落身上的脏水呢。

这个花园在初夏的阳光下显得很静谧，只能听到杰克寻找自己的脚步声。好像是为了弥补冬天给人带来的严寒，所以太阳毫不吝啬地爱抚着众人。当然也是为了弥补那些坏消息给人们带来的创伤。德国人已经入侵了荷兰和比利时，现在他们正在侵略法国，法国也有英国的军队——英国远征军。但是和德国的军队比起来好像不值一提，而且这些军人还没有做好打仗的准备。这仅仅像是支持法国的一种表示，这都是杰克告诉她的。杰克的妈妈曾经把克雷文中尉的一封信放到了一边，而碰巧让杰克看到了。艾米可以看出来杰克正在模仿他的爸爸，他的声音越来越低，越来越慢，而且他在读信的时候，担心都从他的鼻音中流露了出来。

杰克刚开始玩捉迷藏的时候很疯狂，有的时候艾米只有翻遍整个屋子才能找到他，有的时候他还跑到菜园的墙头上，有时他还会把露西放到自己的玩具帆船上横渡那个池塘，但是现在，他却痛苦不堪。他在担心他的爸爸，这时候克雷文中尉的船正在前往挪威的路上从事护卫工作。但是他更担心他的哥哥大卫，他的基地位于法国，而他正驾驶着飓风战机为英国远征军提供防空服务。

现在所有的战机都从法国撤出，而来到了海边的空军基地，因为他们要从那里飞过英吉利海峡为自己的军队提供防空服务。战争更焦灼了，现在德

军离英国就只有那狭窄的21英里的海域了。

议事厅里的人们每天晚上都一边读着报纸，一边摇头。英国远征军没有足够的坦克、重机枪来抵抗德国人。这里的菜农查理·巴克在9月应征入伍了，他已经随着约克郡军团的绿色霍华德团开赴法国了。他曾经给索尔比先生写信说他们的军队里几乎连手枪都没有。

“甚至连指南针都没有，”索尔比先生一边突然折上那封信，一边愤怒地说，在装进口袋之前还把那封信揉成了一团，“和以前一样，那些可怜的士兵怎么找到回家的路呢？难道要像兔子一样蒙头转向吗？”

艾米从来没看到过他这么生气——有那么几分钟，他和自己第一次见到的那个孤独、爱咆哮的索尔比先生一模一样，可那都是好几个月之前的事了。想到这些，艾米慢慢地挪到了更远点的丁香花树下，在那阴冷的树荫下，艾米都有点颤抖了。

花园绿色的那扇门突然打开了，艾米吓了一跳，然后赶紧把自己膝盖上的那些小树枝清理掉。那个安静得只能听到蜜蜂嗡嗡声的下午被一个突然闯进花园的人打破了。

“杰克！你在这儿吗？杰克，噢，求你了……”

艾米听见他转过身，因为他的凉鞋踏在那些干草上嘶嘶有声。他还在玩捉迷藏呢，他等了一会儿，然后什么事情让他跑了起来。他去追自己的妈妈了。

艾米注意到了那张纸的颜色。杰克刚看完几秒她就看到了。即使自己躲在丁香花的阴影里，但是她知道那张纸意味着什么。一封电报！每个人都知道这封电报意味着什么。厨师马丁女士曾经收到一封电报，说她的儿子在挪威打仗的时候受了伤，她不肯打开那封黄色的电报。她确信那封电报是儿子的讣告。她就坐在那儿，眼睛盯着那封电报，并在自己的手里面不断地翻过来翻过去。最后伊万斯女

士叫乔伊去找克雷文夫人，因为只有她才能帮厨师打开那封电报。当马丁女士听到威尔只是受了伤的时候，她心里的大石头终于落了地，她拥抱了厨房里面的每一个人，然后把所有配给的糖做了可可饮料。

“是大卫吗？”杰克紧紧拉着妈妈的胳膊。艾米则在花荫里越退越远。她不应该在这儿。这是个秘密，这个花园里装载了太多的秘密。她想捂住自己的耳朵，但是她却不能使自己听不到那些谈话。

“不是。”克雷文夫人突然间坐到了草上，然后她让杰克半坐在她腿上，“不是的，亲爱的，是爸爸。”

索尔比小姐在晚饭的时候恰当地将这个消息告诉了大家。她进入议事厅的时候，显得很瘦，但是她肩膀挺得很直，好像突然间她就长大了。但是从她眼角那些常笑的鱼尾纹可以看出来她是哭过的。

在他们还是孩子的时候，她和克雷文中尉就

已经认识了，而那个时候她只是个笨手笨脚的头脑简单的乡下丫头呢。能够在这么漂亮的地方工作，对她来说，简直难以想象。当她照顾克雷文中尉的时候，他还是那个病恹恹的脾气很臭而且让护士头疼不已的孩子呢。有时候他会在半夜对着她大嚷大叫。然后他就长大成人了，尽管当时没人认为他能活下来。

“我从来没想到，”她一边沉重地坐在马丁女士的椅子旁，一边轻声地说，“在经历了所有的这些事情之后，还是很难忘记他。他们曾把那个花园叫作神秘花园，在他们还小的孩童时期。即使在战争中，我也从来没想到……”

“发生什么了？”亚瑟瞪大眼睛小声问。他们都知道克雷文中尉已经死了，不是艾米告诉他们的，当克雷文夫人一边叫一边穿过花园的时候，他们就从她脸上看出来了。她和杰克踉踉跄跄地走回了屋子，然后把自己关在了克雷文中尉的书房里。

“这是真的吗？”艾米也问道，“不会弄错了吧？”

索尔比小姐伸出手摸了摸艾米的脸颊，“我看这是不可能错的，艾米。电报上有他的名字，他的编号还有所有其他东西。这是一个星期之前的事，然后才发的这封电报。海军部发的这封电报，他们一定弄清楚了。”

“一个星期？那他当时在敦刻尔克了？”乔伊急切地问，“我们当时就是那么想的！当时收音机报道这篇消息的时候，我们就想克雷文中尉可能就在那儿。”他当时笑得很开心，听到那些消息让他们很兴奋。艾米和茹比彼此拥抱，她们还在厨房为此跳了一段舞呢。所有的小船，都离开法国去营救那些士兵，并把他们带回家来。收音机上的那个男人说，那些船里还有渔船呢。英国振臂一呼，船上所有的人都与之回应。这个故事是那样激动人心以至于那场营救听起来就像是一场胜利，而不是一场大溃败。

亚瑟低下头，脸色绯红，突然间他记起来克雷文中尉已经死掉了，“对不起。”他轻声说。

索尔比小姐只是对他笑了笑，眼泪慢慢地滑过了她的脸颊。

“他对营救的事情很在行，”艾米轻声说，“如果他连露西那样的小猫都肯相救的话，他也能把那些水里的士兵营救出来。那肯定就是克雷文中尉当时在做的事情。他们当时肯定是在营救那些士兵。”

乔伊点点头：“可能核潜艇……”但是他突然间就闭上了嘴，因为艾米、迪尔洛夫小姐和萝丝小姐都非常生气地转脸看向他，索尔比小姐弯下腰，双手捂在了脸上，乔伊也弯下腰，因为自己的冒失，他很想找个窟窿钻进去。

“那不是个故事。”艾米说。乔伊略带歉意地点点头。很难不讨论这件事。他想知道。这个消息

让大家的想象力都发动了起来。

因为最近克雷文夫人经常坐在楼下的厨房里，有时候还会在议事厅待一会儿，所以很多的屋子都被封了起来，并且还盖上了防尘罩布。她说这个房子太静了，她都能听到自己上楼的声音。但是那天晚上她并没有下来，杰克也没有。

杰克第二天也没有来上课。艾米看着门口，希望他能溜进来。她不知道要对他说些什么，但是她不想认为杰克因此绝望地躲了起来。现在他可能比之前自己在黑暗中找到他的时候更绝望吧。

“可能现在杰克需要和妈妈待在一起吧，”萝丝小姐小声说，“我们最好让他们静一静。”她看着艾米说，尽管艾米内心里并不赞成，但是她还是点了点头。如果杰克想找人说说怎么办？或者，即使他可能不需要所有人，但是某个人呢。她不会介意杰克对着她大嚷大叫的……艾米趴在桌上，拿铅笔戳书。好吧，她会介意的。但是她不会对他大嚷大叫，她告诫自己。

他好歹有个妈妈啊……艾米心里面说，他并不是一无所有。

“但是我什么都没有，”她自言自语地说，“这是不一样的。”然后她看了看亚瑟，希望可以看到他因为自己愚蠢的自言自语而嘲笑她。但是他正在自己算术书上画着小船，而乔伊则聚精会神地看着窗外。头一次，艾米也可以嘲笑他们白日做梦了，然而她只是在桌子底下轻轻地踢了乔伊一下，然后向一边点点头。迪尔洛夫小姐正看着他们呢。

艾米飞快地吃完饭，因为她想去花园，这样她就能离这座忧伤的房子远一点儿了。玫瑰花开了。她从来不认为这个花园里的花能够比自己在9月份第一次看到的时候还多，但是花苞到处都在迎风招展，一排排粉色的、白色的、深红色的花朵挤满了这个花园，并且每天都有很多花朵加入到这个行列中来。她在路上越跑越快，露西喜欢睡觉的雕像旁

有一株玫瑰花，她从来没看它开过花。但是杰克告诉她花已经开了，那是朵深红色夹杂着白色的玫瑰花。艾米曾想过那到底是朵什么样的花，是否和他们教室里墙上挂着的那幅画上那个小女孩的丝质裙子一样。甚至杰克都不知道画上面的那个小女孩是谁，但是看到那幅画，艾米就想笑。因为那个小女孩看起来很生气。她的父母是不会喜欢那幅画的，艾米想。那个可怜的画家一定千方百计地想逗她笑，或者让她至少看起来显得端庄高贵。那个小女孩的嘴巴拉得长长的，而且眼神很锋利。她想去外边，艾米很确信这一点。可能她也想跑到花园去，抚摸片片玫瑰花瓣，而不是穿上那紧紧的裙子，而且还要一动不动。甚至她怀里的小狗也渴望地看着外边，它是想去草地上玩耍吧？

艾米扭动了常春藤下面的那个铜把手，轻轻地打开门，迅速地溜了进来，然后急切地看向雕塑那边。她跑过草坪去看那花到底开了没有，但是她一阵眩晕。

克雷文夫人躺在那棵大树旁的草坪上，她粉色的棉质裙子和散落在她周围的那些玫瑰花瓣一个颜色，而且到处都是。艾米看着，她根本不明白克雷文夫人为什么这么做。索尔比先生一直精心打理着离大树很近的那片花木，时时浇水，并仔细地修剪过了。那些花还几乎没有开呢，现在那些玫瑰花都被揪了下来，还有几个花骨朵从枝杈上面耷拉了下来。

克雷文夫人用一只手盖在眼上，并借此挡住了阳光，她斜着眼看了艾米一眼，但是好像不记得艾米是谁了。她的手被划伤了——黑色的血凝固在了她的手腕上。

“您把所有的花都揪了，”艾米震惊地小声说，“您为什么要那样做呢？”

克雷文夫人什么都没有说，她只是两眼直直地看着她，好像艾米是一个完全陌生的人一样。

艾米吓得退后一步。克雷文夫人的脸是那么苍白，她的眼睛都变成黑黢黢的了。

“走开，小姑娘。”索尔比先生抓着艾米的胳膊说，艾米吓了一跳，她甚至完全不知道他站到了她身后，“她想静一下。”

“但是那些花……”艾米小声说。

“告诉你怎么做你就怎么做好了！”他突然拉了艾米的胳膊一下，艾米不禁大叫一声，他把她弄疼了，尽管她可以看出来索尔比先生并不是故意那样做的。他把她推出了那扇绿色大门，并一直推到外面的路上。“对不起，艾米。克雷文夫人现在需要这个花园，难道你看不出来吗？让她静一下吧。我把你弄疼了吗？”

“是的。”艾米一边大口吸气，一边揉着自己的手腕，“很疼。我什么时候能够回来看玫瑰呢？”

他摇了摇头，然后疲倦地擦了擦他那双红眼

睛。他的伤疤看着更黑了，“不能，你不能再回来了。难道你没听到吗？这是她的花园，她和克雷文中尉的神秘花园。让她静一下吧。你别捣乱了。”

艾米哑口无言地瞪着他，然后摇了摇头，“不，我不能，你不是认真的。”

但是他好像没有听到她的话。他转过身，然后一瘸一拐地去了菜园。

但是谁又来照顾这个花园呢？艾米伤心地想。艾米追上他，并揪住了他的衣服。“我可以帮忙的，不是吗？求求你了？你不能这样。”

“我会的，”他咆哮着。“离这里远一点儿，你怎么像蜜蜂一样嗡嗡个不停呢？”

艾米退后一步，一边看着他的背影，一边哭，眼泪都蜇疼了她的眼睛了。即使刚来的时候，他也没有像刚才那样对她大吼大叫。艾米一直看着他走进了菜园，然后她又返回了常春藤覆盖下的大门。她想偷偷地进去，她想克雷文夫人根本就不会注意到。但是她手里的那个铜把手是那样冰冷，它好像再也没有那丝质的光滑了，它那金色的柔软曾经总是诱惑着她走进这个花园。即使它处在6月的骄阳之下，但是那冰冷好像侵入了她的手指，艾米后退了一步。

这里不需要她了。

艾米躺在水塘边那些温暖的石条上，而露西则坐在她旁边。他们两个都在看池塘里的鱼，偶尔露西会拿爪子去抓那些鱼，但是它只能一次次收回自己的爪子。它太想吃那些鱼了，它一看就是好几个小时，但是它怕水。

“如果我永远也去不了那个花园怎么办呢？”艾米小声地和露西说，“如果他是认真的呢？”她坐起来，双膝抵着下巴，闭上眼睛，她在脑袋里设想自己身处花园。花园的诱惑太大了，那里有那么多好看好闻好玩的东西。即使她告诉自己这只是自己一厢情愿罢了，但是那欲望太强烈了。她需要重新走进花园。

“我应该带着你和我一起去，”她一边摸着露西那已被晒热的皮毛，一边小声说，“从来没有人告诉你应该去哪儿。”她转过头看看那长长的花坛，那里盛开着粉色的百合花，那真是太美了。太阳的温度会让它们全部盛开的，它们的花朵会开得像大个的杯子一般。“我知道那些玫瑰花已经没了。我可以回去的，克雷文夫人可能早走了。而且我认为她不会介意我待在那儿的，她知道我喜欢那个花园。她还告诉过克雷文中尉我把花园照顾得很好。”她抱着自己的膝盖前后地晃着。“我可以回去的。”她又小声说。但是她并没有站起来。她可以站起来的，只是她不愿意那样做。

1910年6月2日

现在墙上爬满植物了，那些匍匐植物不仅紧紧地抓住砖缝，而且还开满了花。白色的雏菊，每朵花瓣都晕染着粉色，还有看起来像金屑一样黄色的小花。其中的一尊雕像上还缠绕着很茂密的紫罗兰色的风铃草，这些风铃草不仅绕过它爬到了墙外，而且还像给那尊雕像披上了一个挂满铃铛的披肩。

花园里面还有很多耧斗菜，如果不是可怜它们的话，我就会采很多，然后把屋子里面的每个花瓶都插上一些。我想它们一定是根据故事书里面那个跳舞的小女孩命名的，当微风吹过的时候，那些褶皱似镶边的花瓣就会随风起舞。今天我躺在了飞燕草旁边，那棵飞燕草几乎和我一样高，而且高傲地望着天空。我用那些花做了个图案。科林说我快疯了，尽管迪肯费了很大的劲才能不笑我，但是我才不在意呢。

艾米小心翼翼地走到杰克的门口。她最近一直沉溺在玛丽的那个神秘花园。她在玛丽的日记里看到一些关于很多年前那个花园夏天的记载。她可以

通过玛丽的日记重新看到那个花园，那些文字诱惑着艾米重返那个花园。但是她却不能停止读那些文字。

然后在她的梦里，她重新回到了那个花园，但是那个花园变了，它好像一直延伸到一个黑暗的隧道。艾米跑啊跑啊，她想见到那明媚的阳光和鲜艳的玫瑰，但是却逃不出那条隧道。她最后被吓醒了，大口地喘着粗气，而且还有窒息的感觉，但是最后她发现原来是露西躺在自己的胸口，而且当艾米试图活动一下的时候，露西还生起气来。

因为太害怕，所以艾米不敢睡觉了，她怕一睡着又会掉进那个黑暗的隧道，于是艾米选择了起床。她想去找杰克，可能他不想和她说话，但是至少她应该尝试一下。露西站起来看着她，然后又在艾米刚刚离开而且还带着暖意的地方卧下并蜷缩了起来。

这间屋子安静极了，当她透过厚厚的窗帘望

向杰克的屋子的时候，天还是黑的。现在一定很晚了，应该是半夜了。艾米在楼梯顶停了下来，她咬了咬嘴唇，然后看了看那黑黑的屋子。可能他睡得很熟了吧，这个时候来看他，真是够蠢的。

“你在干什么？”

艾米差点叫出声来。杰克并没有在床上，他正蜷缩在那个宽大的石质窗台上看着她。月光在他另一侧脸上闪着微光。他看起来很冷，很糟糕。

“你为什么不睡觉呢？”她尖利地说。她忘了杰克的爸爸刚刚死掉了，而且自己本来想好好对待杰克的。

“那你为什么不睡觉呢？”

艾米耸耸肩：“我做梦了，噩梦。我想来看看你。看看你是不是好好的……”她尴尬地低下头。这听起来真够蠢的，他怎么能好呢？

“我很好，你走吧。”

艾米咽下了另一句即将脱口而出的强硬的话

“你一定要我走吗？”她的声音差不多和乞求一样了，“我不想再做梦了。我能多待一会儿吗？”

“不可以。”

“你没必要这样刻薄吧？”

“是的，我就这样。”杰克吐出这几个字，艾米突然意识到他为什么这样说话了。他的纽扣一直系到了脖颈。他的嘴紧闭着，他的嘴唇紧闭着。他双手环握在大腿上，指节发白。如果不是那么压抑自己的话，他早就大叫起来了。

“那样可能会好点，如果……”

“什么？”

艾米摇摇头：“没什么。那么我就走了，我走了啊？”

“好，走吧。”

艾米一边向楼梯走去，一边仍然看着他，希望他可以改变主意。他看着她离开。她可以通过窗户边的亮光看到杰克的眼睛里溢满了泪水。当她走到楼梯那儿的时候，艾米几乎确信杰克向前动了动，他会伸出手，把自己拉回去吗？但是他什么都没说。如果她跑回去，抱住他，然后和他一起蜷缩在那个窗台上，他会怎么办呢？极有可能他会把她推下来。或者，大哭起来。她不知道哪个更糟一点儿。

“晚安。”她小声说。

“走吧。”

1910年6月17日

科林做了个科学实验。他说这个花园是有魔力的，我相信他是对的，当我第一次打开这个门的时候，我就感觉到了。可能是科林的妈妈太爱这个花园了，或者是这个花园荒弃了太长时间了。但是使万物生长的魔力还在这个花园里，我们的神秘花园。正如科林说的，那种魔力可以做到无中生有。这个花园里长满了迪肯和我种植的丝绸一般的大罂粟花，但是它们之前只是一些很小的黑色的种子。

我还记得当这些种子倒在我手里的时候，我想我可能会弄丢了呢。

如果魔力可以让花园起死回生的话，那么它一定能让科林变得强壮起来。现在他都能站起来了。他之前一直以为自己站不起来呢，可是他现在都能走几步了。如果我们相信的话，可能魔力会让我们梦想成真呢。他会健康地长大的。

我感觉到那魔力了，我知道我真的感觉到了。它在那些透过叶子的绿光中，它在蜜蜂的嗡嗡声中……这个花园已经让我变得更强壮，更开心了。我相信它也能治愈科林。

第8章
好朋友

在菜园做着义工的艾米可以闻到花园里的玫瑰香。那香气飘过围墙，它是多么浓郁，多么诱人啊。艾米叹了口气。她本来可以进去的，因为那扇门并没有锁上，而且她知道克雷文夫人现在正在屋子里面。在经过了最初几天的怪异之后，克雷文夫人就又变回了自己以前的样子，或者看起来如此。当她走过孩子们的时候，总是面带微笑。她还回到了斯维茨并投入到了康复中心的义务工作，她和别人讲话的方式也和以前一模一样。

但是艾米并没有进入花园。艾米几乎每天下午都会看到她走进花园。她会戴着手套，拿着工具，有时候还会推着一辆手推车。索尔比先生一直在照顾着花园，在下午的时候，他就会让克雷文夫人自己一个人待在那里。艾米想为什么克雷文夫人从来没有哭过，确切地说，艾米从没听见过。但是因为她就在一墙之隔的玫瑰园中，艾米总是忍不住去听她在干什么。克雷文夫人没哭。有时候她还会轻声地唱起歌来，艾米不确定那是不是歌声。好像是一首摇篮曲，艾米想。

现在艾米伸出手，摸着那些被风蚀了的砖墙。和这个花园离得如此之近真是让人宽慰。她知道花园仍然静静地神秘地待在那里。可是远离这里是那样困难，她只能沿着花园的这条路走来走去，或者是躲在常春藤之后。她有一种特奇怪的感觉：这个花园因为没有自己所以显得很孤独——这座花园需要她和杰克，需要他们在里面捉迷藏，互相追逐，或者躲在草丛里张望那两只忙碌在自己爱巢旁边的知更鸟。

那天下午，她数次看见了那只雄鸟，它一边对虫子穷追不舍，一边煞有介事地穿梭于围墙。那只知更鸟的雏鸟前几个星期已经孵化出来了，但是杰克告诉她，它们还有两个或者三个孩子没有孵化出来呢。那只知更鸟正在喂养自己的妻子和它们第二个孩子——它们是在他们玩捉迷藏的那个下午孵化出来的。现在它们肯定都长满羽毛了，和自己的父母一样大了。难怪那只知更鸟那样疲倦。艾米长时间地看着它，她多么希望自己可以和那只鸟儿一样轻松地穿越于花园之间啊。

已经有一个多星期了，杰克仍然没有和自己说过话。他也没有上课，萝丝小姐也没有将此事告诉他妈妈。艾米不知道他在做什么，偶尔她可以在远处看到他，然后又消失在走廊的另一侧，或者直接钻进屋子。她想去追他，但是他躲得很快。他太了解这个房子了，所以他可以轻松地躲在挂毯后面，或者盔甲后面，这样艾米就找不到他了。他是故意这样做的，这样他就能独自一个人待着了。

艾米转身，然后靠在了墙上，闭着眼睛，感

受着阳光，她后背所倚靠的墙面散发着热气。她可以看到绿叶在自己的眼睑之后跳舞，在太阳下恣意生长，和鲜艳的花瓣忘情地挥舞。艾米内心难受无比，这种疼是如此刻骨铭心。

艾米突然被一阵出乎意料的嘈杂惊醒。她没有察觉露西一直尾随着自己来到了这里。它正在围着艾米的鞋子可爱地打转呢。艾米把它抱了起来，它的爪子在艾米衣服里穿进穿出，它的眼睛眯成了一条缝。然后露西突然间爬上了艾米的肩膀，跳上了墙头。刚到墙头它还适应了一下，然后非常开心地看了看墙下的艾米。

“噢，露西……”艾米叹口气，“你也能进去，这不公平。”

露西自鸣得意地沿着墙头走了几步，然后停下了，它的尾巴急速地左右摇摆，它的绿眼睛突然盯住了什么。

艾米看着它，突然间紧张了起来。它到底看

到了什么？极有可能是一只蝴蝶吧。露西喜欢追蝴蝶，立起身子，用那只又长又黑的爪子去拍打蝴蝶。“别吃……”艾米小声说。昨天它就吃了一只，那是一只很漂亮的蝴蝶——露西嘴角露出的那双柔软的蓝色翅膀是那样让人触目惊心。露西根本不喜欢吃蝴蝶，所以它把大部分蝴蝶又吐了出来。

“噢，不……”艾米后退一步，然后踮着脚尖，想看看墙那边，这样她就知道露西到底在看什么了，“不行，你不能……”

露西才不听她的呢。它在墙头上匍匐前进，尾巴还嗖嗖地摆动着。

那只知更鸟栖息在墙头这边的一棵树上。它正在啄树皮，在那些小裂缝中好像有些虫子爬出来了。它满意地捉完虫子，然后飞走了，露西尾随着它，一直到了墙的那一边。

“露西！”艾米气得呼呼地，“露西，回来！你不能吃它！你不能追着它不放，它还有孩子呢……”然后艾米露出了一副痛苦的表情。露西不笨。它谨慎地穿过草坪，尾随着那只知更鸟一直到鸟巢那儿，然后它就会看到那柔软的，美味的，毛茸茸的小家伙。往日在紧要关头，杰克和艾米总会把它轰走——杰克曾经在某天早晨捉到了几只小甲虫，并把它们放在露西前面，这样露西就不会再想去吃那些小家伙了。然而现在没人照顾那些小家伙了。

露西这次要肆无忌惮地捕猎了。

“它会把它们吃掉的，”艾米一边用手指抓着墙，一边痛苦地想。如果自己可以像露西一样能够爬墙就好了，“露西，回来……”

要坏事了。艾米转身，穿过一畦畦的豆角、土豆，跑上小路，穿过常春藤，然后来到了花园的门口。

艾米知道索尔比先生是不会让自己进去的，这次的铜把手摸起来并不是冰凉的，这次那个把手摸起来很温暖，好像是欢迎艾米一样，手感像黄油一般。她急忙转动了把手，因为动作匆忙，艾米还差点摔倒在门口。当她冲过草坪，焦急地寻找露西的时候，她觉得自己心里面那份紧张感也消失了。那份带着沙沙鸣响和叽叽喳喳的鸟鸣的寂静渗进了自己的肌肤。

露西穿过草坪向着爬满植物的花园犄角跑去，因为它知道那里有很多鸟巢。在落下自己的爪子之前，它好像深思熟虑过，它的肩头向上拱起，好像随时准备跳起一样。

艾米在后面追，露西回头看了一下，它被艾米沉重的脚步声吓到了。

“不要！快走开！”艾米用手追打着露西，露西一边躲着艾米的追打，一边还专注着这次的打猎。

随后，那只知更鸟尖叫着从那片厚厚的荆棘中飞了出来，露西转身在草地上坐了下来，好像自己什么都没做一样。它还洗洗脸，舔了舔自己的爪子，然后侧头看着艾米，好像艾米才是那个准备做坏事的人。

艾米温柔地向露西笑了。她知道只要自己不看着它，它会直接冲向那个鸟窝。可能，她应该把这件事告诉索尔比先生。但是他现在几乎不怎么说话，当艾米问他一下关于怎么做菜园里的活计的时候，他也总是很不耐烦。虽然前天她向他展示自己摘的豆子的时候，他还嘉奖式地拍了拍她的肩膀，他什么都没说，但是艾米知道他很不好意思，或者很后悔。他只是自己不好意思说出来而已。

她蹲下，想把露西抱起来。她想抱着它去看池里的金鱼，因为那些金鱼露西是抓不到的。她叹了口气，看了看四周的玫瑰，她不能留下来。她知道的。在这儿待的时间越长，越难离开。

当她往回走并要穿过草坪的时候，她听到了一阵轻快的脚步声，有人在花园里吗？艾米转身，快速地看了看这个花园。她在这儿玩过很多次的捉迷藏，为什么她没看到藏在这里的人呢？门把手正在转动，她能听到它发出的吱呀声。艾米退后一步，又退一步，门开了。

克雷文夫人带着篮子和修枝剪来了。她头上戴着个可以遮阳的草帽。艾米直直地矗在那里，以至于她刚开始根本没有注意到她。克雷文夫人直直地向艾米走去，半道突然间停了下来，脸色苍白，气喘吁吁，好像她被艾米吓坏了。

艾米内疚地想，这就是克雷文中尉的死给她造成的影响。好像她的皮肤都开始脱落了。当那封黄色的电报撕裂她生活的时候，她成了没有任何保护措施的动物，现在不管是什么，都能让她疼痛不已。

克雷文夫人只是看着她，艾米不知道要说什么。当艾米被迫离开这个花园的时候，她是那样想念这个花园，所以艾米能够理解克雷文夫人是多么

需要这个花园。她需要感受这个花园里植物的生长、开花，和所有的一切。看到她的样子，艾米知道这个花园是属于她的，尽管它差点属于了自己。

“对不起。”她的声音喑哑而难听，但是即使这样的声音也让艾米哽噎了起来。

克雷文夫人摇摇头。艾米根本不知道，她是不能说话，还是太生气，抑或是她在说没关系。

“都是露西，我知道我不该来这儿。尽管我不想那样，我一直离这个花园远远的。真的，我确实是这样做的！请不要生气……”艾米说不下去了，她这些话真是太蠢了。

那扇绿色的门突然打开了，索尔比先生冲了进来，他走得那样快，而且他那样生气，所以他都有些踉跄了。他差点摔倒了，幸亏克雷文夫人抓住了他的胳膊。

“我怎么告诉你的？”他向艾米咆哮着，露西挣扎了几下，然后耳朵贴着它那窄窄的头，从艾米的胳膊里蹿了出去。它躲在一丛百合后面，愤恨地看着他们。“就像我说的，快离开这里！”

“我就是这样做的！”艾米生气地大声嚷嚷道，“这些天来，我一直是这样做的！即使在没人看到的时候，我也是这样做的，我一直远远地躲着这个花园。”

“不要这样嚷她，”克雷文夫人小声说，但是索尔比先生如此生气以至于根本就没有听到。

“那你现在在这儿干什么呢？不知道感恩，不听话的小家伙！”

“我知道感恩的！”艾米一边攥紧拳头，一边大声地叫道，“我喜欢它！你怎么知道我不感恩？你根本不知道我内心怎么想的！你生生地把我从这个地方轰了出去！”艾米生气地瞪着他，然后她又盯着呼吸急促的、不知道艾米的话是什么意思的克雷文夫人，艾米这些话脱口而出，“是的，你这样做了两次了。你让我们来到了这里，我觉得无所谓，因为我们没有一个人喜欢那个孤儿院，而且我们需要撤离，所以撤离到这儿有什么关系呢？我的世界全变了，一开始，我讨厌这里，露西也并不在这儿。但是这个花园使一切都变了。然后，我喜欢上了这里，我本来就不应该喜欢这里的。因为你们再一次把我和它分开了。”

克雷文夫人静静地看着她，那苍白木讷的表情变成了一种略带困惑的很讨人怜爱的神情，好像她认出了什么似的。

“她让我管理这里，”索尔比先生一边用一只手摩挲着那边带着伤疤的脸，一边咕哝着，“很久之前，在所有这些事情发生之前，”他又摸了摸那侧带伤疤的脸，好像要把那块伤疤抠掉一样，“脾气坏得……”

“我脾气……”艾米声音颤抖着说。这样说她很伤心，因为这是一个事实，她的脾气一直很不好。她的脾气现在有时候还是很坏，但是已经不像以前了。不是吗？以前的艾米绝不会关心茹比和她的金鱼，也不会努力地去安慰杰克。

“我脾气坏是因为我孤独，尽管有的时候我自己都不知道，”克雷文夫人突然间安静地说，“艾米也很孤独。科林·克雷文中尉，我想说……他做了一件很特别的事，他竟然把你的猫给带回来了。”

艾米担心地看着她，希望她不要大哭起来。当她的声音在谈到克雷文中尉的时候，还有丝丝颤抖。

“我还看到你和杰克在一起，想想，当他看到你们这些人侵入他家的时候，他是多么生气啊，至少，你的坏脾气收敛了不少。不管怎么说，有很多事情……”

“这是因为这个花园。”听到表扬，艾米不安地搓着双手，“但是自从杰克的爸爸……我就一直没有很好地看过他。我尝试过了，他总是不想和我说话。”

“他和谁都不想说话，”杰克的妈妈小声说，“我想现在他还不想说话。”

艾米点点头，然后她睁大了眼睛。她突然转身，飞快地跑过草坪，想捉住露西。这只小黑猫趁着他们说话的时候偷偷地溜过了那片百合，想对那个鸟巢发动新的攻击。看到艾米，它一边躲到了雕像的后面，一边生着闷气。

“我想我要把它关在屋子里了，”艾米担心地说，“它会受不了的。它从来没被关在屋子里面过。雪天它都会出来的，尽管它很讨厌雪。它不肯一直圈在屋子里。我不知道怎么着才能让它不抓那些鸟。因为之前，它一直和我，和杰克玩，所以它没有注意到那些小鸟的第一次孵化，但是现在它知道了。”

索尔比先生皱着眉看着她：“你就是因为这个进来的？想阻止那只猫？”

艾米点点头：“它本来和我一直在菜园来着，

但是它看到那只知更鸟飞过了围墙，所以它尾随着那只鸟，我可以从它的眼睛里面看出来，它很兴奋。而那只鸟只想着怎么捉到虫子，怎么给自己的孩子带回去。我想那些鸟儿还没聪明到知道自己被盯梢了，或者是对这件事无能为力。它们在露西面前是不堪一击的。”

“这是索尔比先生叫你不要打扰我之后，你第一次进这个花园吗？”克雷文夫人缓慢地问道，好像她正在试图明白什么事情一样。

“是的。”艾米环抱着双臂，瞪着眼睛说，“我按照他说的那样做了。尽管我考虑过是否不听他的话。有好几次，我差点就进来了。”

克雷文夫人这次真的笑了。虽然只是一阵短短的咯咯声，但是索尔比先生用难以置信的表情看了看她。“我偷了这个花园，艾米，你知道吗？这个花园本来是锁着的，本来是不许人进来的。如果你这样做了，我也不能说什么，不是吗？”克雷文夫人说道。

“您偷了这个花园？”艾米看着她，并摇了摇头表示根本不明白。这个故事还有一个环节没有补全呢，所以她不明白。“您？”艾米小声说，“是您吗？那个发现钥匙的孩子？这是您的秘密花园？”她本来想说“在我之前”，“所以，您是玛丽·伦诺克斯？”

现在是坦白日记的时候了，然而艾米不知道说什么。她还想把所有的东西拼凑到一起，因为还有个漏洞呢。那个日记中脾气很坏的孩子——艾米从来没想过她会长大，但是她肯定会长大的。她一直待在密赛尔斯威特。

艾米深深地吸了一口气，然后抓住了克雷文夫人的袖子。“科林！您说是科林把我的猫带回来的。您的意思是克雷文中尉。他就是科林……”艾米发不出声音了，因为她觉得自己的眼睛被眼泪蜇得生疼。不可能！科林就是那个让这个花园起死回生的男孩儿。因为这个，魔力难道不能把他带回来吗？

玛丽用手捂住了自己的眼睛，一会儿后，她才向艾米点点头。“他说自己会永生的，”她小声说，“我们从小到大，都相信这个花园是有魔力的。但是我想我仍然愿意相信他能……”

“真是残忍的浪费啊，”索尔比先生小声说，“坐下，艾米小姐。”他拉着她，一边一瘸一拐地走向一个石凳，一边像一只受伤的小鸟不断轻声说着什么。

艾米好奇地看着他。玛丽，迪肯，那个叫动物都俯首帖耳的神话般的人物。她好像应该早就认出他的。但是谁能想到那个坚强、乐观的沼泽男孩会变成一个易怒暴躁的人呢？

“我不应该把你关在花园外面，”玛丽一边招呼她，一边说，“对不起，艾米，我不知道。”她拉着艾米的手，然后温柔地让艾米坐在凳子上。然后双手捧着艾米的脸，仔细地研究起来，“看你，那魔力还在这儿。我本应该看出来的。”

“所以……我能进来了？”艾米一边充满希望地看着她，一边说。

迪肯咕哝着：“如果你要来这儿，就要能够干活。百合花里面有很多杂草。你还要小心你那只猫。”他拍了拍艾米的肩膀，然后又用力地捏了捏，艾米知道他这是道歉呢！

“露西追的那只鸟儿一定是我那只鸟儿的重孙子呢，”玛丽一边回想着，一边说道，“它是那么骄傲，它那漂亮的红色的羽毛。它是我在这儿的第一个朋友，第一个像我一样的朋友。”

艾米吃惊地看着她，她知道玛丽在说什么。心想，对我来说，那就是露西。然后她好好地看了看玛丽，她看到玛丽眼睛里面流露出来的那种温柔、回忆似的眼神，于是艾米轻声说，“我最好还是离开一下。萝丝小姐说我应该看着茹比……”她站起来，慢慢地走了出去，而露西只能从那个长得蠢蠢的塑像后面跟着走了出来。

到门口的时候，艾米回头看了看。迪肯正蹲在那个鸟巢那儿，看着它们呢，而玛丽正站在被自己弄坏的玫瑰花一侧的草地上。上面的花不多，但是那些没被破坏的花骨朵现在都已经开放了。当玛丽伸出手去摸那些粉色围边的花的时候，艾米吓了一跳，因为她怕克雷文夫人会把那些花揪下来。但她只是用手指轻轻地碰了碰花瓣，而且她都快笑了。

照顾茹比是自己编的一个借口，但是艾米想她最好还是看看茹比是否又跑到那个池塘那儿去了。池里的金鱼让露西忘记了那只知更鸟。但是当她意识到池塘边弓着身子的那个人是杰克而不是茹比的时候，艾米加快了步子。

杰克听到脚步声，突然站了起来，因为那双威灵顿的鞋子太大，所以杰克走路的声音很大。艾米站到一边，让杰克离开。她不想再追着他不放了，她只想坐在水边想想到底发生了什么。为什么自己是那个逃跑的人呢？

杰克站在池塘边的路上，向上看着她。他手里拿着那个大卫给他的当作生日礼物的飓风战机的模型，他经常这样的。艾米想杰克到哪儿都离不开这个模型啊，杰克是不是把这个模型当成大卫的飞机了。杰克内心深处祈祷着，那个飞在空中的易坏的金属铁壳是受到上帝照顾的，如果连这个模型都这么结实的话。这是飞行大队里面另一个飞行员用木头做的。大卫曾经给他写信，希望他能为杰克做一个，而且这个模型上的涂装和大卫的那个是一模一样的。因为杰克总是拿着它，所以这个模型的漆都开始脱落了，棕色的和卡其色的漆都模糊到一起了。

“他们不让他回家。”

艾米张大嘴看着他。他已经好多天不和她说话了，她还以为杰克会像往常一样，直接愤怒地推开她走掉呢。她很吃惊，所以一时间她还以为杰克说的是自己的爸爸呢，但是艾米不知道自己应该说什么。然而她看见杰克正拿着那只模型飞机呢。

“你哥哥吗？”

“是的。他本来希望因为爸爸而得到照顾性准假呢。”杰克挺直了肩膀说。

“噢……”她一边小心地看着他，一边想他是否还是那个谁对他好他就会哭的孩子，“真的很遗憾。”

“噢。你的噩梦是什么样的？”

艾米眨眨眼，她差不多都忘了，“噢！”她拧了自己的大腿一下，“太蠢了，你会笑话我的……”

“我不会的，我答应你。”

“因为进不去花园所做的梦罢了。我可以看到它，它看起来是那样明媚和漂亮，但是我只能被困在那些黑影里。”她一边颤抖，一边说。

“我也做了个和爸爸相关的噩梦，”杰克慢慢地说。他在路上坐了下来，艾米也挨着他坐了下来，而露西则跑到池塘边看鱼了。

“你够不到他？”

“是的，他需要我把他拉出水面，但是我够不到他的手。”他用手捂住了眼睛，“事情其实不是那样的。妈妈收到一封信。那是一颗核潜艇发射的鱼雷，爸爸并没有落水。那颗鱼雷爆炸了，因为爸爸和上尉都在船桥上，所以爸爸他们都被炸死了。很多士兵也死了，但是其他的人都被另外一艘驱逐舰给救起来了。真是太蠢了，爸爸的船本来是去救那些幸存下来的人的，结果自己却被炸死了。如果他们不去救人的话，他还可能是好好的呢！”他的手往上移了移，这样就能盖住自己的脸了。他的声音很低，所以艾米坐得更近了一些。“那个救了爸爸船上船员的驱逐舰不得不把爸爸的船击沉。因为他们不能把那条船拖回来，他们正处在战争状态，而且那艘船受损太严重了，所以他们击沉了它。爸爸喜欢那条船。他和它一起沉进了大海。”

艾米咽了几口唾沫：“书里面都是那样写的，不是吗？那才是英雄所需要做的。”

“但是这是真的。”

“我知道，对不起。”艾米温柔地靠了过去，以前这样，杰克早躲开了。但是这次他把头放到了艾米的肩膀上，他们坐着，看着露西一边幻想着捕食金鱼，一边用尾巴击打着石头。

艾米站在那扇绿色大门前的小路上。常春藤后面的这个花园大开着，杰克的妈妈在里面呢。艾米还能听到她正在哼唱着什么。

“怎么回事？”杰克转过身看着她，“她说你可以进去的。她不介意，艾米。她昨天晚上和我说，她和你说过话。”

“不是那样的，”艾米声音沙哑地说，“我要去拿点东西，我需要回去拿点东西。我几分钟就回来。”艾米穿过灌木丛，然后噔噔噔地跑上楼，进了自己的房间。然后她气喘吁吁地毫无主意地坐在了床上。她不得不把这些日记还回去，这是玛丽的。但是玛丽不想要了，不是吗？她可能已经忘记这些日记了。她忙着其他的事情呢。那些褪了色的日记本已经被锁在那个抽屉里30多年了。如果艾米还给她的话，她就不得不承认自己读过那些日记。

但是更重要的，如果她把这些日记还了的话，她就再也读不到这些日记了。艾米拉开抽屉，后悔地摩挲着那破旧的皮儿。日记里的玛丽多像自己啊。艾米曾经幻想着和她见面，和她说话，那个脾气暴躁、冷漠的女孩会将她知道的一切夺走的。现在她遇到玛丽了，然而她却不再是孩子了。她不能和克雷文夫人说自己曾经是多么孤独，或者那个花园如何像是自己的家一样。

但是，日记不是她的。她站起来，慢慢地走过走廊，下了楼梯。

太阳比之前还要明媚，当她刚站上那条石子路的时候，她就感觉到热浪袭来。露西从紫杉树下跑了过来，而且还大声地喵喵叫着。

“你刚才去哪儿了？”艾米一边弯下腰抚摸着它，一边轻声说，“我还以为你在厨房里面行乞呢。你出来捉老鼠了吗？”露西一边咕噜，一边蹭着艾米的手腕，而它那一身皮毛正在太阳下闪闪发光。尽管没有那么多的面包屑让它吃，它还是越来越胖了。它很会讨好马丁女士，总是在吃早饭的时候，给她捉回来一些毛茸茸的老鼠。

“和我一起来吧。”艾米诱惑地说道。她一边走，一边吹着口哨，而露西则蹦跳地走在她前面，并且经常地追着她看不到的蜜蜂。

“你去干什么了？”当杰克看到艾米低头穿过常春藤的时候问道，“你去了半天了。”

“就像我说的，我去拿东西了。为你的妈妈。”艾米大步走过草坪，然后将日记本塞给了克雷文夫人，而此时她正处理那些开败了的玫瑰花呢。她困惑地看着那些日记本。

“它们是——噢，艾米，我都忘了这些……”她最后一边在手中翻着那些日记本，一边轻声说，“是啊，你们待在我曾经睡觉的屋子里面呢。”

“我发现了它们，”艾米承认，“而且，我还读了。对不起。我不知道——它们看起来很旧了。我从没想过她就是您。”

玛丽翻弄着那些日记，并对自己写得歪歪扭扭的字皱起了眉头，“这就是为什么你知道这个花园的原因吗，科林和我？而不是别人告诉你的。”

“我告诉过她奶奶庇佑着这个花园，”杰克一边从妈妈的胳膊下看着那些日记本，一边插嘴道，“你的笔迹比我的还差呢。”

“好多老师都觉得我无可救药了。我很吃惊你竟然能够看懂，艾米。”

“您不介意吗？”艾米担心地问。

玛丽慢慢地摇了摇头，“不。不，我相信我不会介意的。那个女孩离我已经很远了。就像迪肯说的，我是个脾气很坏的小家伙。但是我习惯了我行我素。因为我被宠坏的原因，所以没有仆人喜欢我。你知道事情确实是这样的。”她向艾米笑了笑，然后坐在草地上，认真地看起了日记。杰克弯着腰看着她，玛丽拍拍草坪，让艾米也坐下。

“您为什么不写日记了呢？”艾米一边小心地蜷缩在旁边，一边唯恐克雷文夫人改变主意而轰她走。

“我没有停止啊。但是科林的爸爸——阿奇叔叔——给了我一个漂亮的新的笔记本。红色的皮质封面，还有锁，一把小金钥匙。我用丝带穿上那把钥匙，并挂在我的脖子上，感觉很奇妙的。其他的秘密，我想写在那个笔记本里面，所以我就不要这些了。我一直写到战争的结束，上一场战争。然后我就不写了……”她叹了口气，“太难下笔了。从来没有发生过那样的事情，密赛尔斯威特是如此安静。我们过着世外桃源的生活。那场战争把这些都打破了，甚至还侵袭到这个花园。”

“迪肯去打仗了，”艾米小声说，“还有科林。”

“是的。科林在此之前已经离开去上学了，但是迪肯几乎没有离开过那片沼泽。”玛丽颤抖了一下，“这真是——难以置信。但是我们相信至少再也不会发生战争了。”她开始翻着那本日记，然后用手指在日记本里追寻着什么。

杰克靠着她，艾米看着草坪。他们都安静地坐着，听着鸟儿的鸣唱，直到玛丽指着自己正读的那一页说，“这个花园大部分东西都没有变过。看，那棵玫瑰仍然在这儿。那个深红色的玫瑰。我相信它的香气是最浓郁的。”她对着艾米笑了笑，“迪肯剪了几枝，你知道吧？他把它们给了萝丝小姐。”

“是吗？”艾米的眼睛睁得大大的。“是的！

她曾经把它们插在了学校的花瓶里。”她回想着，试图记起萝丝小姐是否说过什么，“难道这意味着——如果他向她求婚——当我们回去的时候，她就要留下来了吗？”

杰克坐直了看着她：“你们要回去吗？什么时候？”

“我不知道，我的意思是，当战争结束的时候。很多孩子不是已经回去了吗，不是吗？”艾米试图表现得自己一点儿都不在乎的样子，“没人说过。”

玛丽合上了日记本，然后用一只胳膊抱住了她：“我觉得战争不会那么快结束的，你们待在伦敦是不安全的。你们很长一段时间之内是回不去的。”

“您答应到时会告诉我们？”艾米恳求道。她不知道自己是不是能够忍受再次回到伦敦，那样她又会坐在防火门那儿，看着天空发呆了。

“我答应。”

第9章

杰克的哥哥

“那些是德国的吗？”艾米一边看着天空，一边紧张地问。

“是的！”亚瑟厌恶地说，“那些是轰炸机。Ju-88轰炸机，难道你区分不出来吗？”

“不能，我看不出来，我没有双筒望远镜啊。难道我就不能看一眼吗？”

“没望远镜，你也能看到，”杰克指着说，“2个大号引擎——如果是蓝喀斯特，你就会看到4个小点的了。我觉得你可能会把它们和怀特利混在一起。”他的声音听起来好像艾米会弄混，而自己不会一样，“但是它们没有那些小点的尾翼。艾米，他们的飞机上喷有黑色的十字，看到了吗？机翼下面，靠近后面的油箱那儿。”

“我想我能看到。”艾米眯着眼看着天上那些遮天蔽日的飞机。那嗡嗡的马达声听起来是那样邪恶，可能这是因为他们知道那是敌机的缘故，“你们认为那是飞向林顿的飞机吗？”

“可能吧，也或许是德里菲尔德。嘿，让我看看！”乔伊抢过亚瑟的双筒望远镜，亚瑟拉长了脸，但是并没有说什么。因为这个望远镜是乔伊在武器库找到的，所以他宣称这个望远镜是他的。

当他们刚收拾好课本的时候，他们就听到那些轰炸机嗡嗡地从头顶上飞过。所以他们都跑到阳台上，因为那里的视野好得多。

“看起来好像有好几百架呢。”艾米轻声说。

“不是，50架左右。”亚瑟用手挡着阳光说，“我从来没有看到过那么多。”

“不管它们去哪儿，希望上帝可以干掉这些讨厌的家伙……”乔伊咕哝着，“50架，你确定吗？”

亚瑟耸耸肩：“可能更多。还有重型轰炸机呢。”

“我想他们知道，德里菲尔德……”杰克咕哝着，“这些敌机在飞来的路上已经被侦察到了，不是吗？”

“一定侦察到了。”乔伊放下望远镜，“我敢打赌，他们现在正从莱肯菲尔德组织战斗机呢。”

那些轰炸机慢慢地消失了，最后一架飞机也消失在沼泽的上空。

“它们都走了，”亚瑟叹口气，“我希望我们可以看到一场空战。”

杰克耸耸肩，但是他什么都没说，仅仅是把手伸进了自己短裤的口袋。艾米知道他的木质飓风战机在他口袋里面呢。

现在几乎每天都有飞机从他们的头顶上飞过，如果天气好的话，他们都能看到。这样的天气是空战的好时候啊。从7月开始，德国纳粹的飞机都会向护航英吉利海峡的船只投掷炸弹。德国人疯狂地向那些商船投掷炸弹，所以商船只好夜间航行。他们还重创了英国人的海军基地和海港。那些有多座兵工厂的城镇也伤亡惨重。7月初的时候，白天的袭击也随处可见，郝尔那巨大的油库燃起了熊熊大火，甚至连艾米都知道那座油库是约克郡的。英国皇家空军的飞机没有燃油怎样起飞啊？

杰克的哥哥大卫现在正从萨福克的基地起飞抗敌。杰克每天都会看报纸，希望看到关于空战的消息。有那么多战机被击毁，英国皇家空军的、德国纳粹的都有。前天艾米一把把杰克手里的报纸抢了过去，因为杰克的手不停地颤抖。

“我想知道他们是否降下了伞兵？”乔伊仍然盯着那片沼泽。

“如果投了伞兵，我们应该就看到了。”杰克转身，向天上看去。

“他们在利兹发现了降落伞，”乔伊固执地提醒道，“那仅仅是昨天的事。”

“我们知道！”艾米叹口气，“你一直都在不厌其烦地说这件事。”

“可能有间谍正在沼泽那儿安营扎寨，并向我们这边赶来。”乔伊又去校正自己的望远镜了。

“他们那样做是为了什么呢？”杰克皱着眉问道，“他们能报告什么呢，石楠是怎么开花的吗？”

“这是前天的报纸了，”艾米一边说，一边把杰克给她的报纸紧紧地攥了起来，“就是那天，我们看到那些飞机飞过沼泽的。”

“那是一场很大的袭击，”杰克声音嘶哑地说，他把报纸放在了艾米的旁边。“好几百架飞机啊。我们看到的那些飞机袭击了德里菲尔德，所有的飞机棚都被夷为平地。他们还袭击了怀特利的机场，把那儿都炸上了天。还有一些奇袭了桑德兰，南方也有战争在延续。现在每天都有更多的战斗。希特勒想摧毁英国皇家空军，这样他就能直接入侵英国了。报纸上就是这样说的。”他的手指着报纸说，“大卫的空军中队也会参战，他们会从唛头沙姆起飞。11队将会执行攻坚任务，报纸上说。这是东南的空军中队，大卫就在这队。”

“他一定没事的，”艾米轻声说，“这不公平，对他们都不公平。对你哥哥和爸爸都不公平。”

“我相信现在没有什么公平了。”杰克咽着唾沫说。

艾米在自己的裙子上铺平了那张报纸，“你妈妈知道你在读这些报纸吗？”艾米突然问。

杰克耸耸肩，然后转过头。艾米知道这意味着什么：“这是马丁女士的报纸，不是吗？你从厨房拿的。”

“妈妈不让我看她的了，”杰克直截了当地说。然后他转过了头，又开始喋喋不休地说了起来，好像那些话没经过大脑就直接跑了出来，“她们不想让我知道事情究竟怎么样了，她和玛莎！她们认为我太小了根本就不懂。所以我就应该像乔伊和亚瑟那样胡乱折腾吗，互相追逐，或者是大嚷大叫吗？胡乱地大叫着杀啊，学机枪扫射啊，或者是玩紧急救援啊……”他停下了，吸了一口气，“大卫也没有和我说实话，他在信里面什么有用的都没有说。因为审查官会检查他们的信，所以他在信里面什么都不能说。他以前还给我写一些像信的信，最起码长点，或者说些搞笑的事情，什么在绵羊上空盘旋啊，因为抢饭吃把汤洒了一身啊。现在信里面写的都是：他很好，很爱我们，或者是照顾好妈妈什么什么的。”

“可能他只是累了。”艾米说。

“我不想让他感到疲倦！他还要飞行呢！他们必须在几秒的时间内干掉敌机，艾米！他眼睛都不能眨一下。他不能累！”杰克拿出口袋里面那个模型飞机，“这个家伙太有用了……”他笑得左摇右晃，艾米看着他的侧脸。杰克的眼睛里有一种奇怪的、可怕的光彩，而且他的眼睛比平时都大。他一点儿都不像他的哥哥，艾米模糊地想。杰克和他爸爸长得太像了，他们俩的眉毛都很重，眼睛都是灰色的，而大卫长得高，那厚厚的棕色头发很像他妈妈的。

艾米竭力使自己不发抖，因为杰克挨着自己太近了，如果自己发抖的话，他会感觉到的。但是自己几乎可以将大卫的容貌清晰地描绘出来，好像自己认识他一样。杰克的床头有一张大卫身着戎装的照片，艾米已经看过很多次了。很难想象只要盯着照相机一会儿，它就能把那么多的细节勾勒出来。她知道大卫对成为飞行员是多么自豪。所有的事情都像一个巨大的笑话，即使大卫能够凭借那薄薄的铁片飞行在自己和天空及枪炮之间。她知道杰克很爱自己的哥哥的。

那当然不仅仅是张照片。艾米还知道所有的故事，当然是杰克告诉她的。

所有那些奇怪的短暂瞬间都在提醒着杰克他有

一个多么棒的哥哥。甚至那个花园都会让杰克想起自己和哥哥玩捉迷藏，或者是大卫肆意地大笑，或者是在草地的中间大卫抱着自己转圈。那种感觉像飞行一样，大卫曾经说，那种感觉就像……他们转得越来越快，然后两个人都会头晕目眩，然后大笑着倒在草地上。

杰克把手里的模型战机攥得太紧了，甚至艾米都听到那飞机破裂的声音了。

“小心点！你会弄坏它的！”

于是他跳起来，生气地把那个飞机塞进口袋。然后他抓着艾米的胳膊，跑出了花园。

“我们去哪儿？”

“小屋那儿。迪肯今天早上升了一堆篝火，不是吗？他正在烧树叶呢，我可以闻到。”他们穿过菜园，来到花园和树林中间的空地上，园丁们的工具都在那个小屋里，那儿还有堆肥的粪堆，还有用来升篝火的焚化场。杰克蹲在灰烬旁边，然后点了点头。“看，我就这样想嘛！这儿还有一些余烬没有烧完呢。”他用棍子拨弄了一下，然后鼓起腮帮子吹了一口气，那微弱的余烬着了。“艾米，从手推车那儿拿些干燥的东西来。迪肯没时间把那些东西烧了，看啊。”他抓了一把花园里面修剪下来的东西，扔到了火里，然后接着吹起来。那些从花园里面剪下来的枝条扭曲着并发出刺鼻的味道，但是那些干草立刻就变色了，所以火苗高了一些。艾米不明所以地又往火里扔了一把。她喜欢看篝火，不过她不知道这些东西是不是可以很好地着起来。杰克脸上的表情吓坏艾米了。

“我们不应该……”她刚开口，但是她又放弃了。杰克才不在意呢。今天，所有的人也都不会在意的。

“好了。”杰克一边看着火一边说道。虽然有很多的烟，但是那火苗已经变成了橙色，那些小树枝已经着了。

杰克拿出大卫送他的那个飞机，然后摩挲着油漆脱落的地方。他轻轻地说了些什么。

“什么？”艾米靠近了一些，因为被呛到了，所以艾米轻声咳嗽了一下。

“我说，这样没用的，”杰克转身看着她，“这样应该可以保佑哥哥安全。怎么会呢？这就是个玩具，艾米！它什么都做不了！他会像爸爸一样死掉的……”他转身向火，在艾米还没有意识到他要干什么的时候，他弯下腰，把那个小飞机搡进了火焰中心。然后他退后了一步，双眼含泪，并捂着自己受伤的那只手。

“你不能那样做！”艾米大叫一声，“那是你哥哥给你的！快弄出来！”

杰克摇摇头：“没用的……我不能再拿着它了，它总是让我想到哥哥。它让我很受伤。”他盲目地瞅着那个火堆，然后踉跄地走了，只留下艾米一个人徘徊在火堆周围。

“你不能那样做。”艾米哭着说。那个小飞机早变成焦炭了，它那褪色的油漆已经变黑。再有几分钟，它就会灰飞烟灭的。艾米用脚踢那个火堆，把那些烧着的杂草什么的都踢开。她抓起根棍子，然后把那个烧着了的玩具钩了出来——已经烧了一半了，一个机翼已经面目全非了。艾米跑向工具棚的大水桶边，然后舀了一瓢水。她把水泼在飞机上，那只小飞机发出嘶嘶的声音，然后出现了丝丝的裂纹。艾米叹口气，并蹲下看了看飞机。这飞机算是毁了，几乎都看不出来原形了。但她还是拿了起来，然后仔细地包在了自己的手帕里。

尽管杰克不想再看它了，但是艾米会把它留下来的。总需要一些怀抱着希望，纪念历史的人。

第 10 章

永远的家

“艾米。艾米。我讨厌这个。它向我尖叫。你怎么洗了那么长时间啊？”茹比在床上蜷缩成一团，但是艾米随即进了屋子。艾米刚一进屋子，那个小女孩儿就蹦起来冲向她。她抱得太紧了，双手抱着艾米的腰。

“只是风罢了，”艾米半笑着说。但是她能感觉到茹比在发抖。她还记得自己被壁炉中的风吓得够呛的事呢，想到这仅仅是几个月之前的事，艾米都觉得有点吃惊，“那你是想去我床上了？”

茹比点点头，可是她不动，她不松手。艾米只能和她一起走到床那儿，然后和她一起坐下。

“茹比，我要穿睡衣。进去吧。看，我哪儿也不去，我答应你。快盖上被子。露西也会和你待在一起的。”她拿过被子，茹比一下就钻了进去，然后把头藏在了枕头下面，只有一截黑发留在了外面。露西好奇地拍打了一下，然后捅了捅茹比的胳膊。茹比并没有从枕头下面出来，她直接把露西搂了进去，然后用毯子把他们俩都盖住了。

艾米憋住没有笑。茹比现在已经不会因为别人嘲笑她就生气了。艾米穿上睡衣，然后一边躺在了茹比的旁边，一边想茹比会不会回到自己的床上去睡觉。两个女孩再加上露西，这个床就显得太小了。

“那仅仅是风吗？”茹比贴着艾米的脖子说道。

“只是风在烟囱里发出的声音，茹比，没骗你。当咱们刚来的时候，我也很害怕。我曾经听到过，但是什么事都没发生，不是吗？”

“可能吧。”

艾米向后靠着枕头，那样她就可以在茹比和露西间舒服一点儿。雨敲打着窗棂。艾米转过头，这样她就可以看到那些挂毯了，然后她向着自己最喜欢的那匹长着长长的愚蠢的鼻子的马儿笑了。风又刮起来了，但是茹比只是动了动。她快睡着了。艾米叹口气。如果她们是在伦敦的话，那声音就应该是空袭警报的声音了。伊万斯女士告诉过他们，因为她曾经去伦敦拜访过自己的姐姐。烟囱里的风稍微小了一点儿，尤其是屋子还很暖和，露西爬出被子，然后靠在枕头边呼噜起来了。

当门吱呀呀响起的时候，艾米都快睡着了，那声音和风的声音不一样。尽管艾米知道不是贼，但她的心还是扑通扑通地跳了起来。因为天很晚了，但是内心深处，她却禁不住……她拄着一只胳膊坐了起来，深深地吸了一口气，她希望那不是迪尔洛夫小姐或者是萝丝小姐。她们一定会让茹比回到自己的床上去的，然后茹比就会哭起来，艾米是不介意她睡在自己这儿的。

“噢，是你！嘘，不要吵醒她。”

杰克拿着自己圣诞节礼物——那个手电筒进来了。“我睡不着。”他站在床的一头，歪着头略带狡猾地看着艾米，“我屋子里面的声音太大，比这里大多了，那雨简直要把窗户打破。我睡不着。而且我觉得你可能也没睡呢。”

“我快睡着了。”艾米打了个哈欠，“茹比有点害怕。我认为她可能不知道那是风罢了，她可能以为是什么鬼魅了。”她向他做了个鬼脸，“刚才一时间我还以为你是鬼呢，或者是个杀人犯。尤其是在夜里。”

杰克点点头：“是……一到晚上，所有的东西好像都不太正常了，不是吗？知道所有的人都睡了，夜就把所有的东西都变了。”

“什么事情啊？”艾米懒懒地向他眨眨眼。

杰克耸耸肩，然后转头看了看艾米：“可能说会儿话会好点。从前大卫就经常让我和他说话，如果我晚上睡不着的话。尽管我认为他大部分时间都是睡着的。因为在大部分我说话的时间里，他都在打呼噜。”

艾米咯咯地笑了：“我也可以那样做……”

“我真的很想他。我烧了他送我的飞机，艾米。为什么我要做那么愚蠢的事情呢？那可是他给我的啊。”

艾米叹口气，慢慢地离茹比远了一点儿，因为这样她就可以打开床头柜上的那个抽屉了。“你可欠我一个手帕了，”艾米小声说，“迪尔洛夫小姐都因为这个生了好几次气了。”她把那个拿出来，给了杰克，“它不全了，翅膀烧没了一个。油漆也有点脱落了。”

杰克看着那个有点烧焦而且不再完整的飞机，然后又看了看艾米，“你把它拿出来了？你为什么不告诉我呢？”

“因为你会再次把它扔到火里的！我一直等着你想再次要它的时候。对不起。可能我早就应该还给你的。但是你好像——还没准备好。”

杰克抬起了一个肩膀，好像半耸肩、半点头的意思。“可能你是对的，”杰克小声说，“今天晚上是我第一次觉得它是真的。以前我一直想象着自己开着这个飞机在天上呼啸而过，但是它根本不会动。”他缓慢地还略带颤抖地叹口气，“如果她睡在你床上，那我能睡在她床上吗？没人会介意的。”

内心里，艾米认为迪尔洛夫小姐会介意的，但是她才不管迪尔洛夫小姐想什么呢，“好吧。如果茹比半夜跑到床上大嚷大叫，你可别怪我。”

“现在就半夜了。”

“别说话，睡吧。”艾米重新躺下，然后抱着茹比在黑夜里笑了。那个飞机总是让她心烦意乱。它仍然属于杰克，她觉得可能那个飞机想回到杰克那里。她扫视了一下屋子，然后看见窗户下面的杰克。他脸上还盖着那块手帕——她的手帕，仍然包着飞机的那块手帕。

*****

艾米慢慢地从那灰色的梦境中醒来。那渴望而又绝望的梦，在她被关在花园之外的很长时间里，一直袭扰着她。她用手使劲地攥了攥被子，并大口大口地吸了几口气。这不是真的。仅仅是个梦而已。“就是一个梦，”她小声说，并像唱歌一样地一再告诫自己，“只是一个梦。”

茹比动了动，然后像小猫一样咕哝了一句什么，随后又睡着了。艾米坐起来，揉了揉自己的胳膊。

“你醒了。”杰克一边看看窗外，一边坐了起来，“天亮了。”

“是的。”天肯定亮了，因为她可以清楚地看见他了。她下了床，然后和他一起站到了窗户旁。他把窗户打开了。花园中略带的雨腥味道立刻席卷

了她，艾米深深地吸了口气，然后把那个噩梦一扫而空。“我们出去吗？”她突然问。

杰克看看她：“现在吗？”

“为什么不呢？你可以穿亚瑟的鞋，它们就在门口呢。”艾米踮着脚尖，然后把胳膊放在了窗台上，“我想去花园，然后看太阳升起来。”

杰克从床上起来，然后把那个飞机塞进自己那个显得很小的睡衣口袋里，艾米把茹比床上的那条毯子掀了起来。他们溜出屋子，然后走过通道，下了楼梯，他们真像是晨曦中白色的幽灵一样啊。

那门闩硬硬的，还吱呀作响。他们睁大眼睛，看了看彼此，好像被冻住了一样，但是并没有人来捉他们。杰克打开门，拉着艾米的手，然后跑进了花园。天边略带了粉色，当他们跑过池塘的时候，池塘里的水因为杰克的手电筒照射还发出了粼粼的光。

当艾米开门的时候，那些常春藤还簌簌作响，开门声将所有的声音都压倒了。花园里全是鸟儿，当他们进来的时候，它们也叽叽喳喳地叫了起来。艾米想在这湿漉漉的草地上跳舞，但是她没有，这个花园在清晨还不是他们的，他们只是游客而已。他们在长凳上依偎着坐在一起，看着树、雕像，当黑夜慢慢消退的时候，日晷也变得越来越清楚。杰克双手拿着那个飞机，好像是拿着小鸟一样。

9月的薄雾围着他们的脚打转，鸟儿也开始活跃地鸣叫，到处都是鸟鸣声。艾米觉得自己看见了那只知更鸟，它就在玫瑰花架之上，用那好奇的小眼睛打量着他们。但是光线还是有点暗。

“太阳升起来了，”杰克小声说，“我之前从来没在外面看过日出。这就是奇迹啊。天空变成了金黄色。我可以感受到花园里面所有的东西都升起来迎接朝阳了。”

“有人来了，”艾米一边说，一边拉了拉杰克的手，“杰克，有人来了，我可以听到脚步声，门开了！”

只可能是迪肯——或者是杰克的妈妈来找他了。但是在这清晨的阳光下，好像有什么事要发生一样。一些奇怪的，令人惊恐的或者是惊奇的，艾米不知道会是什么。可能这些东西会一股脑地全部出现吧。

门先开了一条缝，然后就打开了。一个高大的身影从阴影里走了进来。

“谁？”艾米的嗓音又高又尖。但是杰克早跑过去了，那个小飞机和手帕滑落到了长凳上。他笑啊，笑啊，向他哥哥跑了过去。

克雷文夫人把日记又给了我。她说自己喜欢重读这些日记，但是现在她认为我比她更需要这些日记。她还给了我一支铅笔，一支被精美包装的漂亮的笔。她让我看了看日记后面，那里有很多空白，尽管她没有说，我知道她希望我自己可以写些什

么。但是我不知道怎么开始。我没什么可说的，除了我们已经到这儿一年了。一年多了，现在都10月了。我想我的日记应该有个不寻常的开始。我希望有什么事情发生，现在有了。

那个孤儿院被炸弹炸了。迪尔洛夫小姐今天早晨告诉我们的。它不在了，它被夷为平地了。不仅仅是孤儿院，炸弹把那条街差不多全毁了，但是没有人伤亡，每个人都去了救济站。当她这样说的时候，都颤抖了起来，我想她应该这样。但是伦敦看起来那么遥远。我都快忘了自己曾经在那里住过了。

我们可以永远不回去了，克雷文夫人对我们说，密赛尔斯威特庄园不仅仅是我们战时的家，而且会成为我们永远的家。她答应我们了。

这就意味着我们属于这儿了。

艾米琳·哈顿

密赛尔斯威特庄园

1940年10月29日

从《秘密花园》到《重返秘密花园》

李红叶

你可曾读过弗朗西丝·伯内特的《秘密花园》？霍莉·韦伯的《重返秘密花园》正是对《秘密花园》的续写，如果把这两书放在一起来读，我们就能够有更多收获，发现更多有趣的关联，也将是一次非常独特的阅读体验。

《秘密花园》写人的转变、人与人之间关系

的转变，以及这种转变与“花园”也即“自然”的神奇关系，是一部深深打动了孩子和大人的传世之作。《秘密花园》中的小玛丽瘦小自私，任性古怪，在一场突然而来的瘟疫中，父母双亡，小玛丽于是从印度被送至英国伦敦姑父家。姑父克雷文先生拥有巨大的密赛尔斯威特庄园，但他看起来孤僻冷漠，内心封闭。他深陷在丧失爱妻的悲痛中，并把妻子生前最爱的花园（妻子死于该花园）锁了起来。整整10年过去了，花园的钥匙也埋在泥土中不知去向，而克雷文夫人去世时留下的孩子科林也已经10岁。沉浸在哀伤中的克雷文先生对儿子并不关心，科林体弱执拗，长年累月躺在阴暗的室内。然而，这一切都将发生变化，这种变化首先发生在玛丽身上。来自沼泽地乡村的玛莎一家人（包括她的弟弟迪肯和妈妈苏珊·索尔比）、园丁本·威瑟斯塔福以及秘密花园对玛丽产生了神奇的作用，她开始过一种更朴素、更接地气的生活，花园里那只自由穿梭的快活的知更鸟唤醒了她的天性，使她走进了园丁本·威瑟斯塔福的内心，更重要的是，这鸟儿领她发现了花园的钥匙，打开了那个上锁10年的神秘花园。自然的伟力开始发挥它的作用。玛丽在劳作中，在与朴素自然的玛莎一家人及园丁本·威瑟斯塔福的互动中，在花草树木所散发的蓬勃生命力的感染中，逐渐恢复了身心健康。更神奇的是，经由玛丽和迪肯的帮助，那个歇斯底里、拒绝一切人、拒绝一切室外生活的小科林也迷恋上了草木葱茏、繁花似锦的花园，并与玛丽和迪肯建立了亲密的感情。大自然中的一切生命是如此神奇美妙，每一个孩子也都是大自然的孩子，他们呼吸着新鲜空气，观察，劳作，唱歌，大笑，花园在他们的护理下恢复了生机。在故事的结尾，克雷文先生也受到大自然的感召，心灵复归宁静，并回到庄园，与奇迹般站立起来并恢复了健康的儿子科林迎面相遇。这是一本探讨人与自然的关系以及人的身心平衡和人的内在感受力的书，书中的每一个人物均个性鲜明，并充满象征意味，是一部具有恒久魅力的儿童小说。该著出版后深受欢迎，被改编成电影、戏剧、幼儿读物等等，也出现了许多续写之作，霍莉·韦伯的《重返秘密花园》就是其中的一部。

《重返秘密花园》延续了《秘密花园》的核心主题，那就是人与“花园”也即与“自然”的对话关系及人与人之间的良善关系。故事主角仍是一个10岁的女孩，名字叫艾米。与玛丽遭遇瘟疫、父母双亡不同，艾米是被弃的孤儿，并且遭遇了战争，因此，她和孤儿院的其他孩子不得不离开孤儿院来到密赛尔斯威特庄园躲避战乱。当我们把这两个故事放在一起来读的时候，我们就明白了作家霍莉·韦伯的用心，她强调人的生存免不了受到来自外力的打击，然而，最重要的是唤醒我们的内心。知更鸟成为撬开玛丽柔软心扉的“钥匙”，是玛丽的第一个朋友，而流浪猫露西则是撬开艾米心扉的

"钥匙"，也是艾米的第一个朋友。知更鸟和猫作为自然物触发了两个孤独孩子的柔软天性，而花园则成为打开两个孩子丰富的感受力和修复她们创伤的源泉。

艾米是新一代的玛丽，杰克是新一代的科林，成年后遭遇战争和丧偶的玛丽又重现了上一代克雷文先生的遭遇，迪肯也因战争的创伤而成为另一个本·威瑟斯塔福，而庄园仍是那个庄园，秘密花园仍是那个秘密花园，作家用这种构思来加强弗朗西丝·伯内特在《秘密花园》中的呼吁：无论时代如何变化，无论我们面对怎样的人生变故，都不要忘记亲近土地、亲近大自然，不要忘记心中的爱；置身于美丽的大自然，呼吸着新鲜空气，听着鸟鸣，闻着泥土和花草树木的芳香，我们的身体就自然地得到修复，而身体的修复和对自然万物的感受力也使得人的心灵得到充实并产生愉悦之情，继而产生温柔而丰富的感情，也因此能够重新获得爱人的能力。玛莎一家人在自然中徜徉，健康、朴素，充满生命力，玛丽得到玛莎一家人质朴而真诚的照顾，并经由他们感受到沼泽地无穷的魅力，加上对秘密花园的发现，幼年的玛丽很快就成为一个极富感受力的孩子。艾米仿佛是第二个玛丽，也在密赛尔斯威特庄园完成了身心的转变，从一个瘦小孤僻的人变成了一个健康而富有爱心的人。所不同的是，玛丽有幸遇见了玛莎一家人，而艾米则除了成年后的玛莎（索尔比小姐）、迪肯（索尔比先生），也遇见了成年后的科林（克雷文中尉）和玛丽（克雷文夫人）。克雷文中尉能够特地为尚未谋面、仅在迪肯来信中了解到的十岁女孩找回她的流浪猫，反映了当年那个获得过花园“魔力”的人心中所葆有的博爱胸怀，而克雷文夫人也在艾米身上看到了从前的自己，对艾米温柔以待。正所谓爱产生爱，身心得到恢复的艾米又反过来给予了经历战争创伤的杰克、克雷文夫人乃至迪肯·索尔比以巨大的慰藉。

这两本书分别传达了两位作家对于人性的信

赖。孤僻任性不是人的本性，人一旦缺少爱，缺少与大自然的接触，他们就会把自己封闭得更紧；而一旦得到爱的呵护，并且能够亲近自然，他们就能够恢复身心平衡，成为使自己幸福也使他人幸福的人。这是这两部作品给予我们的最重要的启示。

《重返秘密花园》在讲故事的方法上也独具匠心。作家将《秘密花园》中的故事以玛丽日记的方式展现出来，这样，读者不读《秘密花园》也能够对两部作品中人物之间的互动关系了然于心，而且通过这种方式非常巧妙地展现了密赛尔斯威特庄园三代人（老克雷文夫妇一代、玛丽-科林一代及艾米-杰克一代）之间的对话关系和相互影响，使得《秘密花园》的主题得到再次强调。《重返秘密花园》中的故事发生在两次世界大战期间，然而，今天的我们依然在面临玛丽和艾米的难题：人如何获得身心平衡，过一种能够亲近自然并有能力爱他人的生活？希望读者们在这两本书中找到属于自己的答案。

图书在版编目（CIP）数据

重返秘密花园 /（英）霍莉·韦伯著；蔺鹏飞译 .—长沙：湖南少年儿童出版社，2020.10（2021.6 重印）

（全球儿童文学典藏书系·国际获奖作品系列）

ISBN 978-7-5562-5297-8

Ⅰ.①重… Ⅱ.①霍… ②蔺… Ⅲ.①儿童小说—中篇小说—英国—现代 Ⅳ.①I561.84

中国版本图书馆 CIP 数据核字（2020）第 128068 号

CHONGFAN MIMI HUAYUAN

重返秘密花园

总 策 划： 吴双英　　**责任编辑：** 畅　然

插图绘制： 小白的角　　**装帧设计：** 陈　筠

质量总监： 阳　梅

出 版 人： 胡　坚

出版发行： 湖南少年儿童出版社

地　　址： 湖南省长沙市晚报大道 89 号　　**邮　　编：** 410016

电　　话： 0731-82196340 82196334（销售部）

0731-82196313（总编室）

传　　真： 0731-82199308（销售部）

0731-82196330（综合管理部）

经　　销： 新华书店

常年法律顾问： 湖南崇民律师事务所 柳成柱律师

印　　刷： 湖南立信彩印有限公司

开　　本： 880 mm × 1230 mm　1/32

印　　张： 9.25　　**书　　号：** ISBN 978-7-5562-5297-8

版　　次： 2020 年 10 月第 1 版　　**印　　次：** 2021 年 6 月第 3 次印刷

定　　价： 35.00 元